光文社文庫

長編時代小説

陰謀奉行

闇御庭番（三）

『闇御庭番　妖怪南町奉行』改題

早見　俊

光　文　社

目次

第一話　抜け荷の壺《つぼ》　9
第二話　決闘三国峠《みくにとうげ》　79
第三話　恵みの薩摩芋《さつまいも》　139
第四話　強請《ゆす》り同心　192
第五話　妖怪《ようかい》奉行誕生　242

公儀御庭番《こうぎおにわばん》は、八代将軍徳川吉宗《とくがわよしむね》が創設した将軍直属の情報機関。表向きは城中の清掃、警固などを役目としたが、実態は諸大名の動向や市中探索などの諜報《ちょうほう》活動をおこなう。

菅沼外記《すがぬまげき》は、御庭番の中でも一切表に出ない破壊活動「忍び御用」を役目とする一人であった。


十二代将軍家慶《いえよし》は、十一代家斉《いえなり》と側室お楽の方との間に、家斉の次男として生まれた。

寺社奉行、大坂城代、京都所司代《しょしだい》、西ノ丸老中《にしのまるろうじゅう》を歴任して老中首座《しゅざ》に登り詰めた水野《みずの》忠邦《ただくに》（越前守《えちぜんのかみ》、浜松藩主）を中心に、家斉の死後、「天保《てんぽう》の改革」を断行する。

水野の懐刀《ふところがたな》として、改革に反する者を取り締まったのは鳥居耀蔵《とりいようぞう》（甲斐守《かいのかみ》）。儒者林《はやし》述斎《じゅっさい》の三男として生まれ、旗本《はたもと》鳥居一学《いちがく》の養子となった。目付《めつけ》をへて南町奉行に就任。厳しい取り締まりのため、「妖怪《ようかい》（耀甲斐）」と恐れられた。


「町奉行」

江戸をはじめ幕府の主要直轄《ちょっかつ》都市に設置された。江戸の町奉行は役高《やくだか》三千石《ごく》の旗本の職で、町方の行政、司法、治安、消防など市政全般を担当。南北の町奉行が月番であった。

北
東
南
西
鐘ヶ淵
大橋
隅田村
千住道
三河島
日暮里
田端
駒込
小塚原
日本堤
隅田川
寺島村
谷中
金杉上町
新吉原
今戸町
山谷堀
千駄木
白山
鷲神社
下谷
東叡山寛永寺
奥山
聖天町
今戸橋
小梅村
浅草花川戸町
根津権現
御薬園
小石川
本郷
中堂
幡随院
東本願寺
浅草寺
伝通院
不忍池
広徳寺
阿部川町
吾妻橋
田原町
竹町ノ渡し
新堀川
三間町
菊坂町
池之端仲町
下谷広小路
御徒町
並木町
駒形堂
春日町
湯島天神
蔵前
水戸徳川家
牛込
森田町
御米蔵
神田明神
神田川
外神田
神楽坂
牛込御門
小石川御門
水道橋
筋違御門
練塀小路
天王町
浅草橋
柳橋
百本杭
御竹蔵
本所
昌平橋
多町
和泉橋
柳原土手
藤代町
番町
田安御門
両国広小路
市谷
俎板橋
雉子橋御門
一ツ橋御門
内神田
馬喰町
両国橋
回向院
神田橋御門
今川橋
薬研堀
相生町
竪川
市谷御門
清水御門
三河町
小伝馬町
一ツ目之橋
二ツ目之橋
三ツ目之橋
大伝馬町
日本橋
本銀町
常盤橋御門
新大橋
北町奉行所
小名木川
麹町
室町
万年橋
江戸城
江戸橋
霊巌寺
深川
半蔵御門
呉服橋御門
日本橋
南茅場町
仙台堀
西之御丸
南町奉行所
鍛冶橋御門
八丁堀
組屋敷
永代橋
富岡八幡宮
京橋
小松町
桜田御門
霊岸島
永代寺
赤坂御門
永田町
石川島
越中島調練場
山王日枝神社
数寄屋橋御門
西本願寺
新橋
築地
佃島
溜池
幸橋御門
汐留橋

江戸幕府と町奉行所の組織（江戸後期）

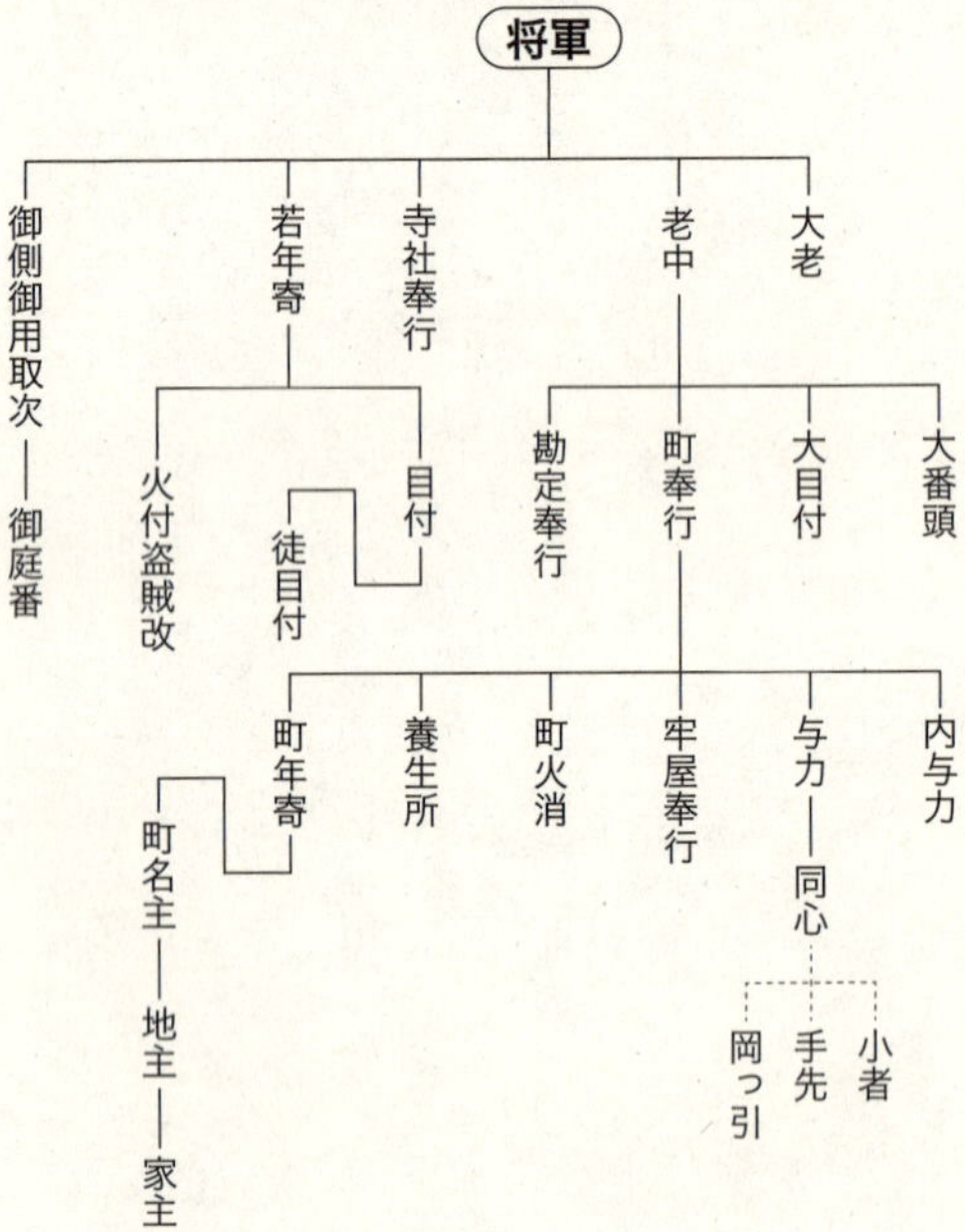

＊本図は江戸後期の幕府と町奉行所のおおまかな組織図。

＊幕府の支配体制は老中（政務担当）と若年寄（幕臣担当）の二系統からなる。最高職である老中は譜代大名三〜五名による月番制で、老中首座がこれを統括した。

＊町奉行は南北二つの奉行所による月番制で、江戸府内の武家・寺社を除く町方の行政・司法・警察をつかさどった。

＊小者、手先、岡っ引は役人には属さず、同心とは私的な従属関係にあった。

主な登場人物

菅沼外記（青山重蔵）……十二代将軍家慶に仕える「闇御庭番」。
お勢……………………辰巳芸者と外記の間に生まれた娘。常磐津の師匠。
村山庵斎………………俳諧師。外記配下の御庭番にして、信頼される右腕。
真中正助………………相州浪人。居合師範代で、お勢の婿候補。
小峰春風………………絵師。写実を得意とする。
義助……………………棒手振りの魚屋。錠前破りの名人。
一八……………………年齢不詳の幇間。
藤岡伝十郎……………鳥居耀蔵の用人。
村垣与三郎……………公儀御庭番。
新見正路………………御側御用取次。
お喜多…………………鳥居耀蔵の愛妾。
美佐江…………………浅草・観生寺で手習いを教える。蘭学者・山口俊洋の妻。

第一話　抜け荷の壺《つぼ》

序

「やっぱり、江戸はいいわね」

お勢《せい》は大きく伸びをした。

出羽国酒田《でわのくにさかた》から長旅の末、お勢が江戸は根津権現《ねづごんげん》の門前町に戻ったのは天保《てんぽう》十二年（一八四二）の七月十五日、盂蘭盆会《うらぼんえ》の昼下がりだった。今年はひときわ残暑厳しく、家々の瓦《かわら》を強い日差しが弾《はじ》き、大地を焦《こ》がしている。それでも日陰に入ると風鈴を鳴らす風に秋の気配が感じられた。

菩提寺《ぼだいじ》に切子灯籠《きりこどうろう》を奉納する武士の一団が往来の真ん中を行く。竿《さお》にいくつも通した切子灯籠を中間《ちゅうげん》が担ぎ、麻 裃《あさがみしも》の武士が添っていた。

「うちも、軒先《のきさき》に切子灯籠をかけなきゃ」

お勢はひとりごちた。

お勢の家は根津権現に程近い武家屋敷である。

家に帰り、すぐにでも旅の垢《あか》を落としたいところだが、その前にからからに渇《かわ》いた喉を癒したい。冷たい麦湯《むぎゆ》でも飲もうと茶店に寄ることにした。縁台に座って安堵《あんど》のため息を吐《つ》き、麦湯を頼んだところで、

「あったあ。あったよ、おまいさん」

女の弾んだ声が聞こえた。

茶店の主人半吉《はんきち》が麦湯を持って来て、お勢さんしばらくだねと挨拶《あいさつ》を交わしてから、

「今頃、井戸替えをやっているんだよ」

と、裏長屋を指差した。

井戸替えは年に一度、長屋中総出《そうで》で行う。大家の指揮で井戸水の汲《く》み替えを行うのだ。井戸をさらう際にうっかり井戸に落としてしまった、簪《かんざし》とか櫛《くし》などが見つかることがある。女が喜んでいるのは、井戸に落とした大事な物が見つかったのだろう。井戸替えを実施するのはいずれの長屋も七月七日と決まっている。いわば、七夕《たなばた》前の年中行事だった。

それが十五日とは半吉が言うように、遅れに遅れていた。

「ずいぶんと遅いけど、どうしたの」

お勢は麦湯を飲んだ。

一陣の風が吹き、風鈴を鳴らす。喉を通る麦湯の冷たさと相まって疲れが引いていった。

半吉はお勢が旅装なのを見て、

「旅をしてきなすったから、ご存じないんだね。江戸はね、七日から十日まで大雨でね。おまけに、毎年やってくれている井戸職人が足をくじいてしまって、延び延びになってたんだよ」

「そりゃ、大変だ。で、井戸職人さん、怪我《けが》は大丈夫なの」

「大丈夫じゃなかったんだけど、もう、待ってられないって、無理してやったんだ。そしたら、職人さん、無理がたたってね、動けなくなっちまった。それで、一時は中断しようってことになったんだが、そこに南町の見習い同心《どうしん》さまが通りかかってね、井戸替えが滞《とどこお》っていることを心配されて、手伝ってくださっているんだよ」

「へ～え、ずいぶん親切なお方なんだね」

「牛尾健吉《うしおけんきち》さまってお方だよ。見習いになられて、今月から根津界隈《かいわい》が町廻《まわ》りの持ち場になったんだそうで、うちにもわざわざ挨拶に来られたよ。お名前は牛だけど、うさぎのようなやさ男で、お優しい方だよ」

半吉は牛尾を褒《ほ》め上げた。町廻りの際には必ず、「困ったことはないか」と声をかけてくれるという。今時、珍しい役目熱心な八丁堀《はっちょうぼり》同心らしい。

麦湯を飲み終えると、牛尾健吉に興味を抱き、お勢は裏長屋を覗《のぞ》くことにした。

木戸を潜《くぐ》ると路地に長屋の住人と思われる男女が綱引きのように連なって縄を持ってい
る。路地の隅《すみ》を進み、井戸まで歩いた。縄は滑車《かっしゃ》で吊るされ、井戸の口から男が顔を出し
ていた。浅黒く日焼けした面差《おもざ》しはまだ年若く、二十歳くらいであろうか。八丁堀同心特
有の小銀杏《こいちょう》に結《ゆ》った髷《まげ》からして、この男が牛尾健吉であろう。

縄に摑《つか》まった牛尾は住人たちに引っ張り上げられ、井戸端に降り立った。

下帯一つになった身体は痩《や》せぎすで色白、なるほどうさぎのようだ。

「牛尾さま、本当に助かりました。感謝申し上げます」

大家らしい初老の男が深々と頭を下げた。

「礼などよい」

にこやかに牛尾は返した。

「牛尾の旦那《だんな》、ありがとうございます」

朱《しゅ》の玉簪《たま》を持った女が何度も礼を言った。やはり、簪を井戸に落としてしまい、それを
牛尾が見つけてくれたようだ。すると、大家が、

「巾着《きんちゃく》はありませんでしたか」

「なかったな。誰か落とした者がおるのか。何なら、もう一度、降りてみようか」

嫌な顔一つせず牛尾は住人に声をかけた。
大家はかぶりを振り、
「こら、源助《げんすけ》、やっぱり嘘じゃねえか。店賃《たなちん》、きちんと払いなよ」
一人の男を叱責《しっせき》した。男は頭を掻《か》いて来月には必ず払うと詫《わ》びる。
どうやら、巾着を井戸に落としたから、家賃を待ってくれと言い訳したようだ。牛尾は
それを見て、何度かうなずき、
「ならば、これでな。困ったことがあったら、何でも言ってくれ」
と、みなを見回した。
世の中、捨てたもんじゃないね。
お勢は夏空を見上げた。紺碧《こんぺき》の空に真っ白な雲が光っている。
今頃、父上は越後《えちご》かしら。
酒田で別れた父、菅沼外記《すがぬまげき》にお勢は思いを馳《は》せた。

一

元公儀御庭番《こうぎおにわばん》菅沼外記はやわらかな日差しを受け、暴れ馬のように波立つ大海原《おおうなばら》を眺《なが》め

ていた。天保十二年の七月、長岡藩《ながおかはん》の新潟湊《にいがたみなと》を見下ろす小高い丘の上だ。

外記は一人の男を追ってきた。

男とは村垣与三郎《むらがきよさぶろう》、公儀御庭番である。

公儀御庭番を元公儀御庭番が追ってきた経緯《いきさつ》は、少々説明を要する。


公儀御庭番は、八代将軍吉宗《よしむね》によって創設された将軍直属の諜報《ちょうほう》機関だ。

吉宗は、将軍となるにあたり、紀州《きしゅう》藩から二百余名の家臣団を連れ江戸城に入った。その家臣団のうち、「薬込役《くすりごめやく》」と呼ばれた十六名に馬の口取り役一名を加えた十七名が御庭番となる。

薬込役とは、元来は紀州藩主の鉄砲に弾薬を詰める役であったが、藩主が外出する際には、その身辺を警固《けいご》するようになった。これが発展し、吉宗の代には、諸国を探索する役目を担《にな》うまでになっていた。

この十七名を祖とする十七家が、代々世襲《せしゅう》で御庭番を継承した。天保のころには、十七家の中から分家した別家《べつけ》九家も御庭番家筋《いえすじ》に編入されていた。

村垣与三郎は、この御庭番家筋に属する正規の御庭番である。

御庭番の役目は、江戸城天守台《てんしゅだい》近くの庭の番所に詰め、火の廻りや不審な人間の出入りに目を光らせることにある。ところが、それは名目上の役目で、実態は将軍のための諜報活動を行う。

諜報活動には、江戸向地廻《えどむこうじまわ》り御用と呼ばれる江戸市中を探索するものと、遠国《おんごく》御用といって諸大名の国元を探索する御用があった。

御用は将軍の側近である御側御用取次《おそばごようとりつぎ》もしくは将軍みずから命ぜられる。たいていは行商人に扮装《ふんそう》し、江戸市中や対象となる大名の所領におもむき、治世の実態を探索し、復命《ふくめい》書《しょ》にして報告した。

ただし、忍者のような特殊技能を駆使する活動ではなく、身分を隠した覆面《ふくめん》調査であった。問題が発生した際には、身分証を開示し難を逃れた。

村垣が新潟湊にやってきたのは、この遠国御用のためである。

では、その村垣を追ってきた菅沼外記とは、何者か。

じつは、御庭番には幕府の記録に一切残らない役目を担う者たちがいる。

忍び御用。

必要に応じて、暗殺、攪乱《かくらん》といった探索を超えた破壊活動をおこなうのだ。こうした忍び御用には、御庭番家筋とは別の者たちに指令が出された。

彼らは吉宗が保護していた甲賀《こうが》忍者の末裔《まつえい》である。代々の家筋には、秘伝の術があり、彼らはその術によって忍び御用をなし遂げていく。

菅沼外記は、忍び御用を役目とする公儀御庭番だった。

だった、というのは、この年の四月、外記は表向き死んだのだ。外記は、将軍徳川家慶《とくがわいえよし》の命を受け、元御小納戸頭取《おこなんどとうどり》中野石翁《なかののせきおう》失脚の工作をおこなった。

石翁は、養女お美代の方《みよのかた》を大奥へ送り、先代将軍家斉《いえなり》の側室とした。お美代の方は数多《あまた》いる側室の中でも最高の寵愛《ちょうあい》を受けた。

石翁は家斉のお美代の方への寵愛を背景に、巨大な権勢を誇示した。大奥出入りの御用《ごよう》達《たし》商人の選定はもとより、幕閣の人事にまで影響力をもった。大御所家斉と佞臣《ねいしん》たちによる豪奢《ごうしゃ》な暮らしは、「天保の大飢饉《だいききん》」による年貢米の減収、飢餓《きが》に苦しむ民へのほどこしによる出費と相まって、幕府財政を悪化させた。

傾いた幕府財政を立て直すべく改革をおこなおうとする家慶と老中首座《ろうじゅうしゅざ》水野越前守忠《みずのえちぜんのかみただ》邦《くに》にとって、既得権益の上に胡坐《あぐら》をかく石翁は大きな障害だった。そこで、外記に石翁失脚の忍び御用が下されたのだ。

外記の働きにより、石翁が失脚したことを受け、家慶と水野は改革を断行した。いわゆる「天保の改革」である。ところが、水野は口封じとばかりに逆に外記暗殺を謀《はか》ったのである。

外記は間一髪《かんいっぱつ》難を逃れた。そして、表向き死んだことになり、家慶によって、将軍だけの命を遂行《すいこう》する御庭番、「闇御庭番」に任じられた。

改革は必要であるが、行きすぎは庶民《しょみん》を苦しめるばかりである。外記は水野やその懐《ふところ》刀《がたな》である目付《めつけ》鳥居《とりい》耀蔵《ようぞう》の悪政を闇に葬るために立ち上がったのだ。

新潟湊にやってくる前、村垣も外記も出羽庄内《しょうない》領にいた。村垣は家慶の命で庄内領の探索にあたっていた。一方、外記は家慶から、闇御庭番として陰から村垣の任務を成功に導くよう命じられていた。

庄内では、外記は小間物問屋相州屋《そうしゅうや》の隠居重吉《いんきょじゅうきち》と名乗り、村垣に近づいた。宗匠頭巾《そうしょうずきん》をかぶり、白髪のかつらとつけ髭《ひげ》で変装していたのだ。ところが、ここ新潟では変装を解き、素顔をさらしている。

素顔の外記は目鼻立ちがととのった柔和《にゅうわ》な男で、白髪がまじった髪を総髪《そうはつ》に結っていた。五尺（約百五十センチ）に満たない小柄な身体を、薄い空色の小袖《こそで》、草色の裁着《たっつ》け袴《ばかま》に包んでいた。草鞋《わらじ》ばき、背中には道中嚢、腰には大小を落とし差しにし、深編《ふかあ》み笠《がさ》をかぶっている。一見して、回国《かいこく》修行中の武芸者といった風である。

村垣のほうは、背中に大きな荷を背負い、菅笠《すげがさ》をかぶり、絣木綿《かすりもめん》の小袖を尻《しり》はしょりにして行商人をよそおっている。庄内では、先輩の御庭番川村新六《かわむらしんろく》といっしょだった。それが、新潟湊には一人で潜入している。

家慶は外記に、新潟にまわる村垣の助勢を命じなかった。ということは、水野が関係していないということか。

こうして、外記は村垣を追って新潟湊までやってきた。

外記は家慶の命は受けていないものの、村垣のことが気がかりである。庄内探索の際に交流をもち、若いながらも懸命に役目を遂行しようとする姿に好感をおぼえたのだ。

外記は木陰でひと休みをよそおい、村垣の様子をうかがった。村垣は、荷から遠眼鏡《とおめがね》を取り出し、弁財船《べざいせん》や湊の様子を眺めている。

外記は村垣の役目について考えをめぐらせた。

——そうか、抜け荷を調べにきたのだ。

新潟湊は庄内の酒田湊とともに、北前船《きたまえぶね》の寄港地として繁栄している。北前船は、上方《かみがた》から蝦夷地《えぞち》までを、瀬戸内海、関門海峡《かんもんかいきょう》をへて、日本海側の湊を結んで運航した船である。名称は、瀬戸内海に住む人々が日本海を「北前」と呼んでいたことに由来する。

その北前船の寄港地である新潟湊は、抜け荷交易がさかんであることも公然の秘密だった。抜け荷品を運んでくるのは、薩摩《さつま》船である。薩摩藩は支配下にある琉球《りゅうきゅう》を通じて清《しん》との密貿易をおこなっており、その抜け荷品をさばくために新潟湊までやってくる。薩摩船によって運び込まれる抜け荷品は、清の薬種、陶器やアメリカ製の短筒《たんづつ》などさまざまな品物である。アメリカ製の短筒とは、天保八年（一八三七）に販売開始された最新式のコルト・パターソン・モデルで、回転式の五連発ピストルだった。薩摩藩の抜け荷交易における力をうかがわせる品々だ。

村垣は遠眼鏡を荷に片付けると、丘を下りていった。外記は一定の距離を保ちながらあとを追う。

新潟の町は、信濃《しなの》川に並行して走る五本の通りと、それらに直角に交差する幾条《すじ》もの堀川によって、縦横に碁盤《ごばん》の目のように町並みが形成されていた。

村垣は町中に入ると片原《かたはら》通りに入った。このあたりは薬種問屋が軒を連ねている。

江戸の日本橋本町《にほんばしほんちょう》三丁目、大坂の道修町《どしょうまち》と同様、いや、それ以上に豊富な薬がある。薩摩船がもたらす唐渡《からわた》りの薬種がにぎにぎしく並んでいるありさまは、噂《うわさ》以上である。江戸や大坂の薬種問屋からわざわざ買い付けにくるというのもうなずける。

村垣は薬種問屋を黙々と覗いて回る。

外記はしばし思案した。

村垣の探索が抜け荷交易の実態調査であることは、間違いない。自分が力になるには、廻船《かいせん》問屋に潜入することだ。いくら抜け荷で繁栄しているとはいえ、新潟は人口約五万と、百万都市江戸とは比べようもないせまい町だ。潜入するうち、村垣を手助けする機会に遭《そう》遇《ぐう》するだろう。

「廻船問屋に入り込むには……」

外記はつぶやくと、自分の武芸者然としたなりを見てほくそ笑んだ。

――用心棒だ。

外記は湊に向かって足を向けた。

すると、

「く、す、り……、く、薬、おくれよ」

路地からふらふらと女が出て来た。

着崩れた着物、定まらない視線、裸足《はだし》で彷徨《さまよ》うように薬種問屋の店先をうろつき始めた。

往来を行く人々は迷惑そうに避けて通る。程なくして、数人の男たちがやってきて、

「こらこら、勝手に出歩くな」

女を叱責すると、出て来た路地に引っ張って行った。

外記は女と男たちの行方《ゆくえ》を追った。女はどんつきにある家に連れ込まれた。女郎屋のようだ。女はよくない病《やまい》を患《わずら》っているようだ。目つきといい情緒不安定な様子といい、気の病かもしれない。そんな女に客を取らせるとはよほど強欲な主《あるじ》か、女には多額の借金があるのだろう。

外記の御庭番としての探索心が疼いた。

二

信濃川の河岸《かし》にそって廻船問屋が軒を連ねている。

「おい」

「なんだと」

「こっちが先だ」

怒声がした。荷役人足《にやくにんそく》たちが争っているようだ。聞くともなしに聞こえてくる話では、どうやら荷をめぐって、どちらの店が先に荷揚げするか争いが起きたらしい。

一方の店には浪人風の男がついていた。浪人は大刀《だいとう》を抜き、相手の店の者を威嚇《いかく》した。

争いは鎮《しず》まった。

——用心棒だな。

湊町特有の荒々しい気風を知り、外記はこれからの計略に自信をみなぎらせた。

湊にほど近い、一膳《いちぜん》飯屋に入った。

昼どきである。ひと仕事終えた荷役人足たちで、店は満ちあふれている。どんぶり飯をかき込む者、昼間から酒をあおる者が、楽しげに語らっていた。

外記は長床几《しょうぎ》に腰かけ、どんぶり飯とたくあん、めざし、味噌汁を頼んだ。新潟湊には、地元の人間ばかりか、江戸、大坂で食い詰めた浪人やくざ者が流れてくる。武芸者然とした浪人風の外記が飯を食べていても、なんの違和感もない。

外記はそれとなく横の人足を見た。髭づらの大男である。徳利《とっくり》を抱き、茶碗酒をあおっている。仲間と思われる人足の二人も、酔いのためか声を荒らげていた。揃いの印半纏《しるしばんてん》を身に着け、肩に手拭《てぬぐ》いをかけている。ほかに浪人者が一人まじっている。先ほど湊で見た男だ。

飯が運ばれてくると、

「おい、ちょっと静かにせんか」

外記は大男に怒鳴った。

大男はきょとんとした顔をしたかと思うと、

「なんだと、浪人」

挑発的な目を向けてくる。外記は大男の酒くさい息に顔をしかめ、

「うるさい、と申しておるのだ」

舌打ちをした。

「おれがおれの金で飲んでるんだ。どんな飲み方をしようが勝手だ」

大男は酔眼《すいがん》を揺らした。

「この男が申したように、われら、楽しく飯を食っておる」

浪人は自分の存在を誇示するように、わきに置いた大刀を右手で持った。

「そうか」

外記は薄笑いを浮かべると、味噌汁を大男の顔にひっかけた。

「あちっ！」

大男は立ち上がった。仲間たちも立ち上がる。

「野郎、やりやがったな」

大男の怒声に店の客たちの視線が集まった。外記は、「ふん」と大男に背を向け立ち上

がった。

「逃げるか」

大男が言うと、

「外だ」

外記は暖簾《のれん》をくぐり、外へ出た。

「先生」

外記の背後で大男と仲間の声がした。

外に出ると、人足と浪人がすばやく外記を囲んだ。それを野次馬が取り囲み、店の中から客たちが見物しようと顔を覗かせていた。

店から男が一人飛び出し、廻船問屋街に向かって駆け出した。人足たちの雇い主に知らせに行くのだろう。

「怪我する前に、謝れ」

浪人は口にくわえた楊枝《ようじ》を道ばたに吐《は》き捨てた。

「どうすればよい」

外記の鼻を潮風が撫《な》で、砂塵《さじん》が舞った。真昼の陽光が、外記と浪人たちの影を往来に短く引かせた。

「両手をついて、額《ひたい》を地べたにこすりつけるんだよ」

大男がわめいた。

「そんなことはできぬ、と申したら」

外記はニヤリとした。浪人もニヤリとすると、

「抜け」

と言うやいなや抜刀《ばっとう》した。浪人の刃《やいば》が陽光にきらめいた。

「だあ！」

浪人は外記に刀を抜かせる間を与えず、大刀を振るい走り寄ってきた。外記の膝元《ひざもと》をねらっている。外記はすばやく後退する。

後退をつづけた外記の背中が、天水桶《てんすいおけ》に触れた。

外記を追い詰めたと思った浪人は、ひときわ気合いを入れるように、

「だあ！」

奇声を発して大刀を外記の膝元に送り込んだ。

刹那《せつな》、

「そら！」

外記の身体が宙に飛び、天水桶の樽《たる》の上に着地した。浪人の大刀は目標を失って、樽を

切《き》り裂《さ》いた。

前のめりになった浪人に水がそそぎかかった。外記はふたたび飛び上がると空中で抜刀し、峰《みね》を返すと浪人の首すじを打った。

浪人は水をかぶったまま、仰向けに倒れた。

同時に外記は着地した。刀は鞘《さや》におさまっている。

一瞬の沈黙の後、野次馬からどよめきが起こった。

「野郎、やっちまえ」

大男のかけ声で、人足たちが外記に襲いかかった。

外記は動ずることなく、地べたを踏みしめ、左右から襲いかかった二人の鳩尾《みぞおち》に当て身を食らわせた。二人は地べたに昏倒《こんとう》した。

それを見た大男は店に駆け込んだ。店の中が騒々しくなった。大男は、包丁を持ち出し、めったやたらに振り回しながら外記に向かってくる。外記は腰を落として待ち構えていた。

大男は包丁を大きく振り上げる。

外記は腰を落としたまま、大刀を抜くと横に一閃《いっせん》させた。大刀と包丁がぶつかり合う鋭い金属音が響いた。と、同時に大刀が大男の胴を打つくぐもった音がした。

大男は前のめりに倒れた。

外記の大刀は包丁を真っ二つにし、そのまま胴を襲《おそ》ったのだ。しかも、胴にいたる直前には峰が返されるという早業《はやわざ》だ。

往来には三人の人足と浪人が倒れ、砂塵が包み込んだ。

「亭主、迷惑をかけたな」

暖簾から首を伸ばした飯屋の亭主に、外記は一朱銀《いっしゅぎん》を渡した。

「こんなには、とても」

亭主はいちおう遠慮の態《てい》をとったが、外記に「かまわん」と押しつけられると、「恐れ入ります」とにんまりとし、

「後始末はこっちで」

頭を下げた。すると、

「迷惑をかけましたね」

商家の番頭風の男がやってきた。男は、人足たちと同じ屋号の入った前かけをしていた。

飯屋の亭主がすばやく番頭に駆け寄り、耳打ちをはじめた。番頭は、黙って聞きながら、外記に興味深げな視線を送ってきた。

「大変失礼いたしました。ただいま、梅吉《うめきち》親分から事情は聞きました」

番頭は外記の前に来て、ぺこりと頭を下げた。飯屋の亭主は十手《じって》をあずかっているらし

い。

「手前、廻船問屋北国屋《ほっこくや》の番頭で文六《ぶんろく》と申します」

文六は、人足たちは北国屋の荷揚げに雇った者たちで、浪人は用心棒だと話した。

「わしは、相州（相模国《さがみのくに》）浪人、青山重蔵《あおやまじゅうぞう》と申す」

外記は偽名を名乗った。

「それは、それは。ま、こんなところでは、なんでございますので」

文六は外記を北国屋に誘《いざな》った。

三

外記は文六の案内で北国屋にやってきた。

信濃川の河岸に軒を連ねる廻船問屋にあっても、北国屋はひときわ威容を誇っていた。白壁の蔵に囲まれた店には望楼《ぼうろう》がもうけられている。もちろん、客である廻船をいちはやく見つけるためだ。

樫《かし》の木でつくられたやけに頑丈《がんじょう》な引き戸を開けると、その内側にはさらに引き戸があった。

「ささ、どうぞ」

文六は引き戸を開けた。

幅二間《けん》（約三・六メートル）ほどの土間が奥まで貫いている。大勢の使用人がせわしげに働いていた。土間をはさんで右側は、三十畳ほどの開け放たれた畳《たたみ》敷きで店になっている。左側は障子《しょうじ》が閉ざされ、客を迎える座敷だった。

文六は客に鶴のように首を曲げ、挨拶を交わしながら外記を奥へと導いた。台所、使用人たちの部屋が連なり、店の外に出た。中庭がもうけられ、手入れされた池の面《おもて》が松と桜の木を映し出していた。

中庭の突き当たりに母屋《おもや》があり、文六は玄関の格子戸を開けた。

「こちらでございます」

文六の案内で玄関を上がり曲がりくねった廊下を抜け、十二畳の座敷に入った。

座敷は窓が開け放たれ、信濃川を望むことができた。荷船が行き交い、水面《みなも》を初秋のおやかな日差しが銀色に染めている。船頭や荷役人足、荷を受け取る手代《てだい》たちの声が潮風に運ばれてくる。

床の間には、唐渡りと思われる青磁《せいじ》の壺《つぼ》、三幅対《さんぷくつい》の掛け軸、阿蘭陀《オランダ》渡りと思われる金細工がほどこされた高さ七尺《しゃく》（約二・一メートル）はあろうかという置き時計が飾られていた。香炉《こうろ》と真新しい畳の香りが吹き込む潮風に混じり、高級料理屋に招かれたようだ。

「失礼いたします」

若い娘の声がした。襖《ふすま》が開き女中が入ってきた。格好こそ町家《まちや》の女中であるが、念入りに化粧がほどこされ、島田髷《しまだまげ》を飾る櫛、笄、簪にはべっこうに金銀がちりばめられている。

「どうぞ」

女中は外記の前に茶と菓子を置いた。茶はギヤマン（ガラス）細工の透明な器《うつわ》に入れられ、冷《ひ》んやりと心地よい。菓子もギヤマン細工の器に盛られたびわと羊羹《ようかん》だった。念のいったことに、楊枝は象牙《ぞうげ》細工である。

天保の改革も奢侈《しゃし》禁止の取り締まりも、この地ではどこ吹く風なのだろう。

「先ほどのご無礼、まことに失礼いたしました」

文六は女中が出ていくのを見届けてから、外記に向かって両手をついた。

「いや、なんの。拙者《せっしゃ》もちと大人げなかった」

外記は鷹揚《おうよう》に返した。

そのとき、ふたたび襖が開き、

「ごめんください」

と、中年の恰幅《かっぷく》のいい男が入ってきた。薄い紺色のつむぎの着物に濃紺の献上《けんじょう》帯を締めている。妊婦《にんぷ》のように突き出た腹を揺らしながら、「よっこらしょ」と文六の横に座った。

「北国屋光右衛門《みつえもん》でございます」

言葉を発するたびに、頬《ほお》と腹が揺れた。

「まだまだ、暑いですな」

手拭いで額、首すじをぬぐう光右衛門を見ると、暑さがぶり返すようだ。

外記が「相州浪人青山重蔵」と名乗ると、文六が手早く、飯屋の経緯を語った。

「梅吉親分のお見立てによりますと、こっちのほうは相当だそうです」

文六は刀を使う真似《まね》をしながら、外記の機嫌をうかがうように視線を送ってくる。

外記はそ知らぬ顔で羊羹を食べた。甘みと涼やかさが口中に広がる。井戸水で冷やしてあったようだ。

文六から梅吉の目撃談を聞き、あごを動かしていた光右衛門は、

「失礼ですが、当地へは何用で？」

外記に目を向けた。

「回国修行の旅の途次《とじ》」

外記はここで言葉を止めると、ニヤリとして、

「というのは表向きの理由でな。実際のところ、江戸で食い詰めて流れてきたというのが実情。新潟は景気がいいと聞いたが、聞きしにまさるありさまじゃな。これなら、ひと稼ぎできそうだ」

うまそうに茶を飲み干した。

「そうですか。それは、好都合だ」

光右衛門は文六とうなずき合った。文六が、

「初対面の青山さまに唐突なお願いでございますが、北国屋の用心棒になっていただけないでしょうか」

と、両手をついた。

「しかし、用心棒なら先ほど拙者が手合わせいたした御仁《ごじん》がおられよう」

外記は光右衛門を見た。

「あの先生には暇《いとま》を出します」

光右衛門は使用人の首を切るように言った。すぐに、

「手前ども商人は、つねに競い合いでございます。より強い店が勝ち残るのは商《あきな》いのならい。よって、より腕の立つお侍《さむらい》があらわれれば、そのお方を雇うのが当然でございま

す。お引き受け願えますかな」

光右衛門は身体とは対照的に、すばやい口調で言い立てた。

「よかろう」

外記はうなずいた。

「ありがとうございます。では、文六、頼んだよ」

外記の返事を聞くと、光右衛門は太った身体を持ち上げるように座敷から出ていった。

四

「青山さま、さっそくですが、まずは手付けに、お納めください」

文六は紙に包まれた小判を差し出した。

「では、遠慮なく」

外記は紙包みを広げた。小判で十両が入っていた。

「これとは別に、日当一両、飲み食いは手前ども持ち、なにか特別のお役目をお任せすることになりましたら、別にお役目に応じて」

文六はニヤリとした。

「特別の役目とは、なにかな」

外記は真面目《まじめ》に聞いた。

「それは、おいおい、ということで」

文六は意味ありげな目をすると、

「では、ご逗留《とうりゅう》いただきますお部屋にご案内申し上げます」

立ち上がり座敷を出た。

文六の案内で母屋を出た。文六は中庭を抜け、ふたたび店の裏口に入ると、すぐ右手の部屋に入る。部屋のすみに蒲団《ふとん》が積んであるだけの殺風景な部屋だった。使用人部屋である。

「少々、狭《せも》うございますが、ご辛抱ください」

文六は押入れを開けた。

まさか、押入れに寝かせる気か。いくら、食い詰め浪人でもその扱いはないだろうといぶかしむと、

「どうぞ、お入りください」

文六は平然とした顔を向けてきた。

——おい、いくらなんでも。

不平を洩《も》らそうとしたが、

「足元にお気をつけください」

文六は押入れの薄闇の中で背を伸ばすと、天井《てんじょう》をごそごそと探った。すぐに、梯子《はしご》が下りてきた。文六はするすると梯子を上っていく。外記も後につづいた。

顔を出すと、明るい空間に出た。四畳半ほどの板敷きが座敷の踊り場になっていた。明るく感じた原因は天窓から差し込む陽光だった。

四方に廊下が走り、襖が閉じられている。座敷がいくつかあるらしい。天井は低く、六尺（約一・八メートル）ほどの高さであろうか。

「さあ、こちらです」

文六は廊下を進み、突き当たりで立ち止まり、襖を開けた。十畳の座敷になっていた。

「こちらにご逗留いただきます」

文六は襖を開け放った。

「なかなか、きれいな部屋であるのう」

外記が言うと文六は軽く頭を下げ、隣室につながる襖を開け放った。

「襖をすべて取り払いますと、百畳ほどの座敷になります」

「ほう」

外記が感嘆《かんたん》のため息を洩らしているうちに、文六はすべての襖を開け放った。青々とした畳の突き当たりに十五畳ほどの板敷きが見える。板敷きのまわりには雪洞《ぼんぼり》が置いてあった。芸者が踊りを披露《ひろう》できるようにしてあるのだろう。

「宴会をおこなうのか」

外記が言うと、

「会合とか、大事な船主さまの接待などに使います」

文六はにこやかに応じると、あそこに、と指差した。百畳の真ん中あたりの天井から、黒い紐《ひも》がたれていた。

「お荷物をお置きください」

文六に勧められ、外記は道中嚢と大刀を畳に置いた。

「ちょっと、こちらへ」

文六に連れられるまま、外記は紐の下に立った。

「紐を引いてみてください」

文六は紐を外記の右手に握らせた。

「べつに、怪《あや》しいものではございません」

警戒《けいかい》の目を向ける外記をおもしろげに文六は眺めた。外記は右手に力を込めた。

ギイッ！

板がこすれ合うような音がし、梯子が下りてきた。

「上がりますよ」

文六は軽やかな足取りで梯子を上がった。外記もつづく。

天井から顔を出すと、さわやかな潮風とまばゆいばかりの陽光が降り注いできた。薄暗い屋根裏部屋を想像していた外記には、意外な光景である。

梯子を上がりきると四畳半の板敷きとそれを取り巻くように手すりがめぐらされ、物干し台のようになっている。わきに梯子が天高く伸び、半鐘《はんしょう》がすえられていた。

つまり、ここは望楼である。丁稚《でっち》が二人、遠眼鏡で湊や信濃川に出入りする帆船《ほぶね》を見ている。反対側は往来に面し、さまざまな人間の行き来が見下ろせた。

軒をつらねる周囲の廻船問屋の瓦がまぶしく日差しを照り返していた。みな、それぞれに望楼がもうけられ、丁稚たちが遠眼鏡や肉眼で船の出入りを確認していた。

外から見ると大きな屋根には望楼があるだけで、二階があることはまったくうかがい知れなかった。抜け荷を日常的におこなっている廻船問屋ならではの構造といえるだろう。

二人の丁稚は、外記と文六に気づくと遠眼鏡をはずし、ていねいに頭を下げた。

「いいよ、つづけて」

文六はやんわりと言うと外記に、

「昼間はこのように、取引の帆船を見張っておりますが、夜になりますと不埒《ふらち》な輩《やから》が忍び込んでこないか、見張る役割になります」

視線を向けた。

「夜通しか」

「そうしないと、意味がありませぬ」

「ま、それはそうだろうが」

まさか、自分に寝ずの番をせよというのかと、あたりを見回した。

なるほど、ここからなら湊に限らず、店のまわりも手にとるように見渡せる。闇夜であっても夜目に慣れれば、盗賊《とうぞく》の侵入には目配りができるだろう。

「交代で、丁稚どもが番をします」

文六は言うと、万が一賊徒が見つかったら丁稚から外記に知らせが入る、と手すりから伸びた紐を引っ張った。二階の座敷から鈴の鳴る音がした。

「青山さまのお部屋で鳴っております」

「なるほどな」

外記はうなずくと、

「しかし、そんなことをせずとも、半鐘を鳴らしたらどうだ」

頭上の半鐘を見上げた。

「いえ、それでは、ご近所に迷惑がかかります。ご近所ばかりか、お奉行所、火消しのみなさんがたにも。もちろん、火事の場合は別でございますが」

文六はまわりの廻船問屋を見回した。

「なるほど、もっともだ。もっともだが、奉行所の手をわずらわさず、自分たちだけで始末したい、というわけもあるのではないかな」

外記は、店を取り巻くように立ち並ぶ土蔵を見回した。白壁が陽炎《かげろう》に揺れている。

「さあて、どうですかな」

文六は含み笑いをした。

盗賊は北国屋の抜け荷品目当てに忍び込んでくるだろう。したがって、盗賊を店の中で奉行所の役人が召し捕ることは好ましくない。いくら公然の秘密とはいえ、奉行所の役人の取り調べで抜け荷品の存在が明らかになるのはまずい。

「もう一度申し上げます。盗賊などの怪しい連中が忍び入るのを見つけたら、半鐘は鳴らさず、この鈴を鳴らします。そのときは、青山さま……」

文六はもう一度鈴を振ってみせた。

「半鐘はいけないよ、おじゃんになるから」

外記はつぶやくと、にんまりした。

「なんでございます？」

文六は怪訝《けげん》な顔になった。

「なんでもない。江戸で流行《はや》った落とし噺《ばなし》の下げだ」

文六にうながされ、梯子を降りた。

五

夕刻を迎え、外記が仰向けに寝転がっていると廊下で足音がした。

「飯か」

外記は笑みを広げた。そういえば、飯屋で食べそこなってしまい、朝からなにも食べていない。飯のことを思い出したとたんに、腹の虫が鳴った。

「青山さま」

襖が開き、文六が顔を覗かせた。

「飯か、いやあ、腹が減って死にそうじゃ」

外記は起き上がると、腹をさすった。

「それが、あいにくと」

文六は申し訳なさそうに頭《こうべ》を垂れ、

「でも、もう少しのご辛抱でございます」

と、光右衛門の警固で料理茶屋に行ってほしいと言い、その料理茶屋で酒、料理が振舞われると言い添えた。

料理茶屋とは宿泊できる料理屋で、飯盛《めしも》り女という名目で女郎《じょろう》を置き、芸者、幇間《たいこもち》を呼んで、座敷遊びもできた。

「これにお召し替えを」

真新しい南天《なんてん》小紋《こもん》の小袖に仙台平《せんだいひら》の袴を差し出した。

「料理茶屋か、どこだ」

「古町《ふるまち》でございます」

古町は新潟湊きっての繁華街である。江戸の吉原《よしわら》にも劣らない大店《おおだな》があることで知られる。なるほど、身なりに気を遣《つか》うはずだ。奢侈禁止で火の消えたようになっている吉原よりも、古町のほうが活気にあふれているにちがいない。

「わかった」

外記は文六にともなわれ、店の表に出た。

町駕籠《かご》が待っている。ほどなく、

「いやあ、先生。さっそく、お手数をおかけして申し訳ない」

光右衛門は少しも「申し訳ない」と思っていないような脂《あぶら》ぎった顔を向けてきた。紋《もん》付《つき》の羽織《はおり》に袴を身につけていることから、会合の相手は、大事な得意先なのだろう。

光右衛門を乗せた駕籠は夕闇の中を出立《しゅったつ》した。

外記は駕籠のすぐ後ろを歩き、周囲に警戒の目を向けた。駕籠は堀にそって小気味よく進んでいく。堀ぞいに植えられた柳が、涼しげに揺れていた。

道は商いを終え、家路につく職人、行商人、棒手振《ぼてふ》りであふれている。江戸と違って侍の姿が少ない。侍は外記のような浪人者をのぞけば、長岡藩から派遣されている町奉行所の役人くらいだ。その数、せいぜい三十人に満たないであろう。

その代わり、僧侶《そうりょ》の姿が目につく。新潟湊は寺が多いことで知られていた。これは裏を返せば、それだけ裕福な檀家《だんか》が多いということだ。北前船交易がもたらす、いや、薩摩船がもたらす抜け荷品による巨大な利益が、新潟という湊町を形成しているのだ。

夕闇が濃くなり、駕籠は古町に到った。

まばゆいばかりの行灯《あんどん》のあかりと女たちの嬌声《きょうせい》、三味線、太鼓《たいこ》などの鳴り物で満ちあふれている。若いころ、足を延ばした吉原のにぎわいを思い出した。

もちろん、規模では吉原には及ばないものの、外記が予想したように、奢侈禁止の取り締まり外にある新潟の色里《いろざと》は、にぎわいと活気という点ではいまの吉原をはるかに凌駕《りょうが》している。

駕籠は大きな柳の木の横にある、ひときわ大きな店の前で止まった。格子造りの二階屋である。

「すまないね。これ、少ないけど」

光右衛門は駕籠かきに酒手《さかて》をはずんだ。

「これはこれは、北国屋さん。お待ち申しておりました」

年増の女が出迎えた。白地に菊の花を金糸《きんし》で縫《ぬ》いとった艶《あで》やかな小袖に、紅の帯を締めている。女将《おかみ》であろう。夜風に揺れる暖簾には、「佳乃槌《かのづち》」と屋号が染め抜かれていた。

「今日は、面倒をかけるな」

光右衛門は恰幅のいい身体を女将にあずけ、上機嫌で暖簾をくぐった。女将は、

「喜代《きよ》と申します」

外記に頭を下げ、仲居《なかい》に外記の大刀をあずからせた。

玄関を入ると広い廊下が奥に走り、両側に座敷がもうけられている。光右衛門と外記は、

喜代に導かれ奥に進んだ。廊下はちり一つ落ちていない、まるで鏡のように磨き立てられていた。

閉じられた襖越しに、楽しげな宴席の声が聞こえる。

外記と光右衛門は、突き当たりの座敷に導かれた。喜代が廊下に膝をつき、襖をゆっくりと開けた。

とたんに歓声がはじけた。

庭に面した座敷は四十畳ほどの広さである。畳は匂《にお》い立《た》つほどに青々とし、襖には金箔《きんぱく》で花鳥風月があざやかに描かれている。床の間には唐渡りと思われる、青磁の壺、水墨画、それに、

「弘法《こうぼう》さま直筆の書です」

と光右衛門がささやいたように、弘法大師直筆の掛け軸が飾られていた。

上座《かみざ》には羽織、袴の侍が座り、横に花魁《おいらん》をはべらせている。まわりには、商人風の男たちが居並んでいた。

「待ちかねたぞ、北国屋」

侍は、酔眼を光右衛門に向けた。

「遅くなりまして」

光右衛門は両手をついた。

「よい。さあ、早く、ここへ来い」

侍は手招きした。光右衛門は腰を屈《かが》めながら侍の前に出ると、両手で押しいただくように盃《さかずき》を受け取った。外記は末席に用意された膳の前に座った。

「おい、女将」

侍は上機嫌に声を発した。言葉に薩摩訛《なま》りが感じられる。

——やはり、薩摩か。すると、こやつらは、薩摩船の船主たちか。

外記は居並ぶ商人たちを見た。芸者の酌《しやく》を受け、楽しげに酒を酌《く》み交《か》わしている商人たちの言葉にも、案の定、薩摩訛りがある。

「女将、もっと、大きな盃を持て」

侍は声を張り上げた。

「有川《ありかわ》さま、おたわむれを」

光右衛門は腹を揺すった。

「よいよい、今宵《こよい》は飲め」

喜代が黄金に輝く大盃《たいはい》を持ってきた。一升《しよう》は入ろうかというほどの巨大さだ。喜代はよろめくように持ってくると光右衛門にしなだれかかり、「ふう〜」と大きく息をついた。

「さあ、注《つ》げ、注げ」

有川の音頭で、芸者と幇間が蒔絵《まきえ》銚子《ちようし》から大盃に酒を流し込んだ。酒はどんどん注がれていく。大盃になみなみと清酒が満たされ、

「みなの者、光右衛門が飲み干すぞ」

有川は扇子《せんす》であおいだ。幇間も扇子をひらひらさせ、神輿《みこし》を担ぐような威勢のいい声で囃《はや》し立てる。

「ようし、新潟の商人の力をお見せします」

光右衛門は両手で大盃を抱え上げ、厚い唇《くちびる》に当てた。

みな、酒や料理に伸ばした手を引っ込め、光右衛門を注視した。みなの期待に応えるというよりは、おのれの意地を貫き通すように、光右衛門は大盃を一気に飲み干した。

「ふう、どうだ！」

光右衛門は立ち上がって空《から》になった大盃を振ってみせた。黄金色が百目蠟燭《ひやくめろうそく》に鈍《にぶ》くきらめく。

座敷は歓声に包まれ、大きな盛りあがりを見せた。

六

「お侍さまは、北国屋さんの」

喜代が外記の前に来た。酌をしようとしたが下戸《げこ》だと断ると、甘酒はいかがですかと気を遣ってくれた。

「わしは、用心棒だ」

外記はつるりと顔をなでた。

「まあ、お強そう」

喜代は仲居から甘酒を受け取り、外記の膳に置いた。外記は礼を言ってから、

「みな、薩摩のかたがたかな」

笑みを送った。

喜代はうなずくと、古町は薩摩からの客が珍しくないことを話した。侍は薩摩藩御納戸《おなんど》役《やく》有川新之助《しんのすけ》というそうだ。

「どうぞ、今後もごひいきに」

喜代は艶然《えんぜん》とした笑みを残し、光右衛門のほうへ向かった。

「薩摩から遠路はるばるご苦労なことですな」

外記は蒔絵銚子を持ち、左隣の船主に向けた。

「いや、そげなこつはなか」

芸者と料理と酒ですっかりほろ酔い機嫌になった船主は、新潟どころか、北は蝦夷の松前《まつまえ》まで、南は琉球、場合によっては上海《シャンハイ》まで行くと豪語した。

「上海というと清国の、でござるか」

外記は大げさに驚いてみせた。船主は上機嫌でうなずいた。

薩摩藩は抜け荷によって傾いた財政を立て直し、莫大《ばくだい》な利益を得ていた。唐渡りの高価な薬種、陶磁器はもとより、アメリカ製の最新式ピストルという珍しい商品まで長崎を経由せずして手に入れ、新潟でさばいているのだ。

「聞くところによると、清国はエゲレスと戦《いくさ》をしておるとか」

外記が言う、清とイギリスの戦争とは一年前、天保十一年（一八四〇）にはじまった「アヘン戦争」である。イギリスは清から茶、陶磁器、絹を大量に輸入していたが、主力輸出商品である綿織物の需要が清にはなかった。そこで目をつけたのが、インドで栽培《さいばい》するアヘンだ。

イギリスは、植民地であるインドで生産したアヘンを清へ密輸出した。清のアヘン需要は年々増大した。そこで清国政府は禁輪措置《そち》をとった。これに抗議したイギリスと清とのあいだで戦争が起きたのだ。

「清はエゲレスに苦戦しておるとか」

外記は言葉を継いだ。

「清は負けるでごわっしょ」

船主は盃をあおった。

「負け戦の最中とあっては、唐渡りの抜け荷品も思うように手に入らぬのでは」

外記が言うと船主はニンマリとし、

「いんや、ところが、思いもかけんもんが、手に入ることになりもうした。今日は、その祝宴です」

外記に顔を向けたところで、

「おい、なにを言うとるか」

船主仲間から肩を叩《たた》かれ、はっとしたような顔で、

「まあ、楽しく、飲むのがよか」

と、仲間と芸者の輪に加わった。

外記は厠《かわや》に立った。厠は座敷から縁側に出て、右手の奥にあった。

八日月が透きとおるような蒼白い光芒《こうぼう》を放っている。松や楓《かえで》、欅《けやき》、桜の枝が夜風に揺れ、石灯籠《いしどうろう》のあかりが妖《あや》しい光を投げかけていた。秋の虫の鳴き声が庭の夜気《やき》を震わせていた。

外記が厠に歩いていくと、仲蔵縞《なかぞうじま》の小袖に朱色の羽織、白足袋という、幇間とも大店の若旦那ともつかないなりをした男が手水《ちょうず》を使っていた。月明かりに照らされた顔を見て、

——村垣！

すると、

「若旦那、どっちです」

艶やかな女の声がした。

「お〜い、こっち、こっち」

村垣は大げさに両手を振った。

障子が開かれ、花魁が出てきた。外記たちが宴を張っている隣の座敷である。外記はとっさに庭に下り、石灯籠の陰に身を隠した。

どうやら、村垣与三郎は大店の若旦那に扮《ふん》して探索をおこなっているらしい。外記は村垣の奮闘ぶりに笑みを洩らしながら、そっと様子をうかがう。

「さあ、若旦那、もうひと勝負ですよ」

花魁は村垣の右手を引っ張った。

「もう花札《はなふだ》は飽きたぜ。こう、負けてばかりじゃな」

村垣は江戸っ子訛りである。わざとそうしているのだろう。

「なら、ほかのことをして遊びましょうよ」

花魁はだだをこねるように、腰をくねらせた。

「わかった。だけど、ちょっと休ませてくれ」

村垣は縁側にへたりこんだ。

「ああ、いい風だ。月もニッコリ微笑《ほほえ》んでるぜ」

大きく伸びをし、夜風を胸いっぱいに吸い込んだ。

「ほんとにきれいな月だこと」

花魁も村垣の横に座り、空を見上げた。

「だがな、おまえのほうがずっときれいだぜ」

――なにをへたな世辞を。

外記は思わず吹き出しそうになった。

「まあ、若旦那ったら」

花魁はくすっと笑った。

そのとき、光右衛門たちが大騒ぎする声が障子をも突き破るように聞こえてきた。村垣

は顔をしかめ、

「無粋《ぶすい》な連中だね。何者だい」

光右衛門の座敷を見た。

「北国屋さん」

花魁はぽつりと言った。

「北国屋、ああ、廻船問屋だな。近ごろ、馬鹿に羽振りがいいと聞いたけど。相手は薩摩だろ」

村垣の口調から、酔いがわずかに醒《さ》めている。

「そうよ。ま、いいじゃない。さあ、お座敷に戻りましょうよ」

村垣は花魁に抱き起こされ、座敷に戻った。

外記は村垣が座敷に入ったのを確認してから厠で用を足し、座敷に戻った。

宴席は盛り上がり、大盃の回し飲みがおこなわれていた。そのうちに、

「ただ、飲み回しただけではつまらんですな」

光右衛門が酔いの回った赤ら顔で有川に言った。

「なんぞ、おもしろい趣向があるか」

「ございます」

「なんじゃ」

「忠臣蔵《ちゆうしんぐら》の一力《いちりき》茶屋の大星由良之助《おおぼしゆらのすけ》でございますよ」

「それはおもしろい」

「では、有川さまが大星を」

有川は光右衛門や船主、芸者から拍手を送られ、上機嫌で立ち上がると、喜代に紫の手拭いで目隠しされた。

「さあ、行くぞ」

有川の声とともに三味線が弾《ひ》かれ、

「鬼さんこちら、手の鳴るほうへ」

座敷のあちらこちらから声があがった。有川は声のするほうにふらふらと近寄っていく。

「有川さま、こっち、こっち」

喜代はおもしろがって障子を開け、縁側に出た。

「その声は喜代だな」

有川はろれつの回らない舌で叫ぶと、縁側に出た。幇間と芸者もいっしょに座敷を出て囃し立てる。馬鹿騒ぎに庭の虫の音はかき消された。

障子が開け放たれ、村垣と花魁が姿をあらわした。村垣は花魁に有川のことをあれこれと聞いていた。

外記は喜代に、

「隣の若旦那、江戸から来たのか」

「ええ、江戸はつまらなくなったって。三日ばかり前にいらっしゃいました。で、これ預けるって、五十両お出しになって」

そのまま居つづけをしているのだという。

——村垣のねらいはなんだ？　ただの抜け荷の摘発《てきはつ》ではあるまい。

村垣のねらい、すなわち将軍家慶のねらいである。新潟湊の抜け荷では、四年前に摘発され、関係した廻船問屋が何人か江戸に送られたことがあった。遠島《えんとう》や追放という処罰《しょばつ》を受けたが、薩摩藩、長岡藩はお咎《とが》めなしだった。

それを、あらためて探索するということは、単に廻船問屋を摘発するだけではないということか。

外記は光右衛門たちの馬鹿騒ぎを眺めながら、考えつづけた。

七

五つ（午後八時）を告げる鐘の音が鳴り、宴会はお開きとなった。

お開きのまぎわ、光右衛門は有川から青磁の壺を手渡された。光右衛門は押しいただくようにして受け取り、にんまりとした。

有川をはじめとする薩摩の連中は佳乃槌に宿泊した。喜代のほか、大勢の芸者や仲居、幇間に見送られ、光右衛門を乗せた駕籠は北国屋へと帰途についた。

光右衛門は泥酔した巨体を駕籠にあずけ、壺を抱きながら、出立と同時に鼾《いびき》をかきはじめた。

古町のにぎわいから離れると人影はなく、火の廻りの声と拍子木を打つ音が夜の闇に寂しくこだまする。堀に出ると柳がそよそよと風に揺れていた。

と、足音がした。

外記は耳をそばだて、視線を周囲に凝《こ》らした。

柳の木陰から黒覆面に黒装束《しょうぞく》の男たちがあらわれ、駕籠の行く手をさえぎった。その数、四人。

「ひえっ」

駕籠かきは足を止め、駕籠を地べたに下ろした。駕籠の中からは光右衛門の鼾が聞こえる。

「きさまら、何者だ」

名乗る相手とは思わなかったが、外記は男たちの前に出ると、あわい期待を込めて問いかけた。案の定、男たちは返事の代わりに刃を向けてきた。

外記は腰を落とした。

真ん中の男が外記に刃を振り下ろした。

外記も抜刀した。

男と外記の刃のぶつかり合う音が、闇を震わせた。

外記は後方に押し戻された。それほどに、男の放った一撃は強烈《きょうれつ》だった。

——こやつら何者?

思案する余裕もなく、男は次々と攻撃を加えてきた。二人の刃が月明かりに鈍くきらめき、何度も交錯した。

そのすきに、別の男が駕籠に迫った。

外記は脇差《わきざし》を抜き、男に投げつけた。脇差は右腕に突き刺さった。

その間に駕籠かきが、

「追いはぎだ！」

と、叫んで駆け出した。

外記と刃を交わしていた男が一瞬、仲間の怪我に気をとられた。

外記は左手を腰に添え、右の掌を広げて前方に突き出した。次いで、深く鼻から息を吸い、口から吐き出すことを繰り返す。全身に血が駆け巡り、頬が火照り、丹田《たんでん》に気が蓄えられた。

外記は突き出した右手を引くと男に向かって、

「でやあ！」

裂帛《れっぱく》の気合いと共に突き出した。

夜というのに陽炎が立ち、男が揺らめいた。

と、次の瞬間には相撲取りから突っ張りを食らったように後方に吹き飛び、仲間の二人に激突して、三人が地べたに倒れた。

これは「気送術」という菅沼家伝来の秘術である。丹田に精気を蓄積し、それを一気に吐き出すことによって相手を吹き飛ばす、という術だ。

菅沼家の嫡男《ちゃくなん》は、元服の日より気送術習得の修業を始める。当主に付いて日々呼吸法、気功法の鍛錬を受け、時に一ヵ月間の断食、三ヵ月の山籠もりなどを経て五年以内に術を会得しなければならない。できなかったら当主の資格を失い、部屋住みとされた。

「どうした」

「盗人か」

呼子《よぶこ》が鳴らされ、番太《ばんた》が駆けつけた。

男たちは顔を見合わせ、無言で走り去っていった。

「どうした。追いはぎか」

光右衛門が腹をさすりながら出てきた。胸にはしっかり壺を抱いている。

「これは、北国屋の旦那」

番太が頭を下げた。

外記が黒装束の男たちに襲われたことを手短に話した。

「旦那、お心あたりは?」

番太は遠慮がちに聞いた。

「さあな。おおかた、金ねらいの追いはぎだろう」

光右衛門は短くて太い首を横に振った。そして、なにか思いついたように、

「なにしろ新潟湊には食い詰めた浪人がやたらと流れてきますからなあ。おおっと、命の

恩人に失礼なことを申し上げたかな」

外記を見た。外記は無言で返した。

「旦那さま」

文六が駆けつけてきた。腕っぷしが強そうな人足を数人したがえている。

「おお、すんだ。大丈夫だ。この先生、たいした腕だ。ははは」

光右衛門は懐から財布を取り出し、

「まずは、先生に」

と、金五両を外記に差し出した。外記は、「かたじけない」と素直に受け取った。

「それから、おまえたち、怖かっただろ」

駕籠かきに一両ずつ渡し、

「文六、あとの者で分けなさい」

文六に三両を手渡した。駕籠かきは何度も頭を垂れた。文六が頭を下げると、人足たちもいっせいに、

「ありがとうございます」

稲穂のように頭を下げた。

「さあ、帰ろうか」

光右衛門は、右手でぽんぽんと腹を打って、駕籠に乗り込んだ。文六は外記に頭を下げると、人足に駕籠のまわりを囲ませ北国屋へ急いだ。

高額の酒手をもらった駕籠かきの、はずんだ声が夜空に響き渡った。


外記が北国屋に戻ると、すでに蒲団が敷かれていた。

仰向けになり目を閉じた。が、眠りにつくことができない。黒装束の男たちとの剣戟《けんげき》が脳裏によみがえる。

——あの、太刀筋《たちすじ》。あの速さ。あの衝撃。

戦いの最中には夢中で感じなかったが、落ち着いてみると両手にしびれが残っている。

「そうだ……」

外記は半身を起こしてつぶやいた。外記に斬りかかってきた男が低い声で発した、

「ちぇすと」

という気合い。

——薩摩示現流《じげんりゅう》の剣だ。

若いころ、薩摩に潜入し鹿児島《かごしま》の道場で見た示現流の剣を思い出した。初太刀《しょだち》を大事にし、一撃必殺を旨《むね》とする流派である。薩摩以外の地への伝授は、固く禁じられた。

示現流を遣う者、すなわち薩摩者ということになる。

では、薩摩者がなにゆえ、光右衛門を襲ったのだろうか。

薩摩藩にとって北国屋は抜け荷品をさばく大事な廻船問屋だ。現に、有川は薩摩船の船主を大勢、接待の場に同席させていた。

有川と黒装束の男たちは、立場が異なるということか。有川はれっきとした薩摩藩の御納戸役だ。黒装束の男たちも武士だ。薩摩には浪人者はめったにいない。侍ということは、身分の上下はともかくとして、藩士にちがいない。

薩摩藩内部で光右衛門を必要とする勢力と、邪魔者とする勢力が存在するということか。村垣の探索はそのあたりをさぐることか。

それと、宴席で船主の一人が洩らした言葉、負け戦をつづける清国に行っても莫大な利益をもたらしてくれる抜け荷交易とはなんだ？

光右衛門が有川から手渡された壺はなんだ？

北国屋、ここには巨大な謎と利権が眠っているようだ――。

外記は眠りにつこうと目を瞑《つむ》った。刹那、
リーン、リーン。

鈴が鳴った。

八

外記はすばやく袴をつけ、大刀と脇差を袴紐《ひも》に落とし差しにした。手燭《てしょく》のあかりを頼りに襖を開けると、望楼へ向かう梯子が下ろされていた。丁稚が手燭を振って合図してくる。

「どうした」

外記は梯子を見上げた。

「怪しい男が」

外記が望楼に上がると、丁稚が裏庭のほうに手燭を向けた。

「盗賊か」

「よくわかりません」

「何人だ」

「一人だと思います」

「たった一人か」

外記は黒装束の薩摩者が侵入してきたと思っただけに、拍子抜けしたようにつぶやくと、説明を求めた。

盗賊は裏門を乗り越えてきた。

「で、いま、どこに」

外記が聞くと、

「あそこだと思います」

店の裏手を指差した。

「よし、おまえはここにいろ」

外記は望楼の手すりを越えると、屋根をつたい中庭に降り立った。北国屋は闇の中に深閑《しんかん》としていた。外記は息をひそませ、股立《ももだち》をとり、忍び足で店の裏口に向かった。

井戸端で男が蠢《うごめ》いた。

男は井戸端にひそみ、あたりをうかがっている。外記は男の背後に忍び寄ると口をふさぎ、首を締め上げた。男は驚きの眼《まなこ》を外記に向けようとしたが、振り向くこともできず、気を失った。

外記は男を横たえた。月明かりに照らされた男は、村垣与三郎だった。黒装束に身を固めている。

「ちっ」

思わず外記は舌打ちした。北国屋にねらいをつけ、潜入してきたのだろう。

——しようがない。

村垣の身体を引きずり、外に出そうとした。

まずは、外に放置し、折をみて連絡をとろう。いまはともかく、ここから出さないことには。

と、そのとき、提灯《ちょうちん》のあかりが近づいてきた。

「盗賊ですか」

文六だった。人足も二人いる。酒くさい息をしているところをみると、光右衛門からもらった駄賃《だちん》で酒盛りをしていたところか。

「ひとまず縄《なわ》でふんじばって、土蔵に放り込んでおきなさい」

文六は人足に命じた。村垣は人足に担がれ、井戸端近くの土蔵に運ばれた。文六がついていき、南京錠《なんきんじょう》を開けた。

村垣は土蔵に担ぎ込まれ、床に横たえられた。炭俵《すみだわら》が山と積まれている。

「旦那に知らせたほうがいいのではないか」

外記は文六を見た。文六が光右衛門を起こしに行っているあいだに、人足を片付け村垣を逃がそうと考えたのだ。

しかし、

「いや、朝までここに置いて、お奉行所に突き出します」

文六はこの場を動こうとしない。そこへ、

「盗人か」

光右衛門がやってきた。

「これは、旦那さま」

文六が説明した。光右衛門は浴衣《ゆかた》の袖をまくり、村垣の顔を覗き込んだ。人足が提灯を近づける。

「待てよ、この男」

光右衛門はしげしげと見下ろすと、

「佳乃槌に居つづけの江戸者じゃないか」

と、つぶやき、

「起こせ」

語気を荒らげた。人足が村垣を揺り動かした。

「起きろ、ほら」

文六が村垣の頬を打った。

村垣の頭が動き、目が見開かれた。

「おい、おまえ、何者だ」

光右衛門は村垣の胸ぐらをつかんだ。

「………」

村垣は横を向いたまま口をつぐんだ。

「とぼけるな。佳乃槌で豪勢な遊びをしてる若造だろ。なんなら、奉行所に突き出して、女将を呼んで、面通ししてもいいぞ」

文六は胸ぐらをつかんだまま、揺さぶった。

村垣は哄笑《こうしょう》してみせた。

「お見通しなら仕方ない。いかにもおれは江戸から来た薬種問屋の道楽息子だ。親父に、新潟は唐渡りの薬種が安く仕入れられるからと頼んで、仕入れにかこつけて遊びに来たんだよ」

「うそつけ。なら、どうして、うちに忍び込んだ」

「遊びだ」

光右衛門はもっと提灯を近づけろと命じた。

「遊び。馬鹿言うな」

光右衛門は村垣の腹を蹴《け》った。村垣はわずかに顔をゆがめ、

「佳乃槌で花魁と賭《か》けをしたんだ。今晩、あんたら、おれの隣の部屋で派手に遊んでいただろ」

村垣は花魁に光右衛門のことを聞き、おもしろ半分に北国屋に忍び込むことを賭けたのだという。

「ふん、本当のことを言え。公儀の隠密《おんみつ》であろう」

光右衛門は、四年前にやってきた公儀の隠密が江戸の商人に化《ば》けてきたことを持ち出した。光右衛門は鼻で笑うと、

「痛めつけろ。白状させるんだ」

文六に言った。

「うそだと思うのなら花魁に確かめてみろ」

村垣は人足に両腕をつかまれ、身もだえをした。光右衛門の目に暗い光が宿った。

「おい」

光右衛門は村垣の懐に手を入れた。村垣は必死で抵抗する。光右衛門は人足に手足を押さえさせ、懐から書付《かきつけ》を取り出した。広げて一瞥《いちべつ》する。

「ふん、やっぱりだ」

書付は公儀御庭番の身分証だった。御庭番は御用中に万が一問題が発生したとき、身分証を提示して、よけいな災《わざわ》いから脱する。

光右衛門は身分証を破り捨てようとしたが、外記がすかさず奪《うば》い取《と》り、

「どれ、おれにも見せてくれ」

興味深げに眺め、そのまま袖に入れた。光右衛門は、

「殺せ」

吐き捨てた。

「それは、まずいのでは」

文六がなだめた。

「馬鹿。生かして帰すほうがまずいだろう」

光右衛門が言うと、

「そのとおり。このまま帰したのでは、御公儀にどんな報告をされるやもしれん。少なくとも、薩摩船との取引は筒抜けになる」

外記が光右衛門の前に出た。

「さすが先生。いいこと言う。そういうことだ。殺せ」

光右衛門は文六を見た。

「用心棒のおれがやる。おれが捕らえた賊だ」

外記が引き受け、文六も人足も安堵の表情を浮かべた。

「さあ、こい」

外記は村垣の縄を引っ張った。

「先生、店の中はまずい」

文六が言った。

「わかっておる。河岸に連れ出す」

外記は村垣の縄を引き、裏木戸から出ていった。

九

「村垣どの」

裏木戸を出たところで、外記はささやいた。村垣の驚く様子が闇の中にあっても感じとれる。

「くわしく話しているひまはない。わしを信じてくだされ」

外記はゆっくりと村垣を連れ、闇の中に溶け込んだ。

「覚悟しろ！」

外記は絶叫すると、小声で、

「なにを探っておられる」

聞いた。村垣は、外記を信じていいものか迷う風だったが、

「さあ、時がない。信じてくだされ」

外記にうながされ、

「アヘンです。薩摩の有川は、清国で戦をしているエゲレスからアヘンを買い付けてきたのです」

村垣はささやいた。

「そうでありましたか」

村垣は有川にねらいをつけ、薩摩船が新潟に運んでくるアヘンを扱う廻船問屋を探していたのだった。

新潟湊にやってきた時、裸足で彷徨い歩いていた遊女が思い出される。あの時は気を病んでいると思ったが、そうか、アヘンを吸わされていたのだ。

「店のいずこかにあります」

村垣はつけ加えた。

外記は、「わたしに、お任せを」とささやくと、

「でい！」

桟橋の上で大刀をきらめかせた。村垣を縛っていた荒縄が切れた。ついで、

「明日の夕刻、白山横川の船着き場で落ち合いましょう」

早口に言うと、村垣を突き飛ばした。村垣の身体は宙に浮き、信濃川に落ちた。外記は荒縄を川に沈めた。

「やりましたか」

文六がかたわらにやってきた。墨《すみ》を流したような川面に目を凝らしたが、村垣の姿は消えていた。

「ああ、間違いない」

外記は鞘《さや》に大刀をおさめると鍔鳴《つばな》りをさせた。

「明日の朝になったら、河口で土左衛門になっているだろう」

外記は村垣の亡骸《なきがら》を見つけようと目を凝らしている文六の背中を叩いた。文六は、

「先生の腕ですから、間違いないですね」

自分に言い聞かせるように外記を振り返ると、店に戻った。

外記は自室に戻り、今後の算段をした。

ただの抜け荷ではないとは思っていたが、アヘンとは……。薩摩の船主が清国と交易が難しくなっても、喜んでいたはずだ。やつらは、イギリス船からアヘンを仕入れたのだ。

これでは、公儀も目を瞑《つぶ》るわけにはいかない。

では、黒装束の薩摩者の目的は？

アヘンをねらっているのか。

外記はまどろみはじめた。何刻ほど経ったであろうか。半鐘が打ち鳴らされていた。

――今度はなんの騒ぎだ。

起き上がり、望楼に急いだ。丁稚が必死の形相《ぎょうそう》を外記に向けてきた。

「大変です！」

丁稚の説明を聞くまでもなく、店と母屋から炎《ほのお》が立ち上っている。使用人たちのあわてふためく声がした。周囲の廻船問屋からも半鐘が鳴らされる。暁《あかつき》の空に半鐘と絶叫、炎が吸い込まれていく。

「落ち着け！」

文六の絶叫がした。

「もう、ここはいい。おまえも逃げろ」

外記は丁稚の着物の袖を引き、梯子を降りた。

火は燃え広がっていく。外記が中庭に飛び出すと、使用人たちが家財を持って逃げまどっていた。光右衛門が巨体から汗を噴き出しながら、裏木戸をくぐった。例の壺を抱いている。

——アヘンはあの壺の中か。

外記は光右衛門を追った。裏門の外には火消したちが集まってきた。光右衛門は脂ぎった顔をどす黒くゆがめ、

「早く、消せ」

わめき立てた。ついで、桟橋《さんばし》に向かっていく。

桟橋に到ったところで、黒装束の男たちが待ち構えていた。佳乃槌からの帰り道に襲ってきた四人だ。

「壺を渡せ」

男の一人が声を放ったとき、外記が追いついた。

「先生、頼みます」

光右衛門は外記の背後に隠れた。

「壺を渡せば、命は助けてやる。有川は始末した」

男は低い声を出した。

「火を放ったのはおまえたちだな」

外記が聞いた。

「そうだ」

「北国屋が壺を持ち出すところを待っていた、というわけか」

「まあな」

男は抜刀した。残りの三人も抜刀する。

「そんなにほしいならやるよ」

光右衛門は壺を放り投げた。

「ああ！」

男たちの悲鳴をよそに壺は信濃川に落ち、ドボンという寂しげな音を残して沈んだ。

朝日が顔を覗かせ、川面を銀色にきらめかせた。文六が人足たちを連れ駆け寄ってくる。

「おのれ、退《ひ》け」

男たちは桟橋を去った。

「ごくろう。ここはもういい。それより、店だ」

光右衛門は文六に言った。文六はうなずくと人足たちをまとめ、店に戻った。

「せっかくの壺を」

外記は信濃川の川面を眺めた。

「あんな壺、たいしたことはない」

光右衛門は鼻で笑った。

「しかし、後生《ごしょう》大事に抱いておったではないか」

「抱いておったのは、壺ではなくて、壺の中に入っていたこれだ」

光右衛門は懐から油紙の包みを取り出した。

「なんだ？　ひょっとしてアヘンか」

外記はつぶやいた。

光右衛門は、大きな腹を揺すった。

「いい勘をしているじゃないか。薩摩の船主が清国と戦をしておるエゲレスから買い取った。エゲレスも戦相手に売るわけにはいかんからな。渡りに船だろう」

「有川を始末したと言っていたぞ」

「有川さまがいなくても、大丈夫だ。どうせ、有川さまは藩に内緒で、われらの上前《うわまえ》をはねておったただけじゃからな。かえって、いなくなってくれたほうがよかった」

光右衛門はアヘンを大事そうに懐にしまうと、店を見上げた。

炎は小さくなったが、黒煙が店や母屋の屋根に巨大な蛇のように巻きついている。

「いっそ、全部燃えろ。これで、もっと大きな店をつくってやる」

光右衛門は、「燃えろ！」とわめき立てた。

「そうは、いかんぞ」

外記は光右衛門の背中に声を放った。

「なんだ？」

光右衛門は首だけ回し、外記を睨《にら》んだ。

「アヘン、取り扱わせるわけにはいかぬ」

外記は抜刀した。

「気でも狂ったか。用心棒の分際で」

光右衛門は身体ごと外記に向き直った。

「狂っておるのは、おまえだ。アヘンなど国を滅ぼす麻薬、断じて持ち込ませぬ」

外記は大刀を正眼に構え、切っ先を光右衛門の目に向けた。

「きさまも、さては、公儀の隠密か」

光右衛門は唇をなめた。ついで、哄笑を発すると、

「これならどうだ」

懐からピストルを取り出した。アメリカ製の最新式ピストル、回転式の五連発銃である。当然、抜け荷で手に入れた代物だ。

外記は小刻みに息を吸い、吐くことを繰り返し全身に血を駆け巡らせる。

「きさま、見どころがあると思ったがな」

光右衛門の指が引き金にかかった。すかさず、外記は腰を落とし、

「でや！」

ダァーン！

外記の気合いと銃声が、ほぼ同時に交差した。

弾丸は外記をそれ、信濃川に消えた。光右衛門はよろめき、足をもつれさせた。丹田呼吸が短かったため陽炎が立ち上ることはなく、光右衛門もはじけ飛んだりはしなかった。

外記は光右衛門に近寄ると、懐からアヘンを取り出そうとかがむ。

すると、光右衛門はすさまじい執念《しゅうねん》で起き上がり、外記に向かってきた。どす黒く形相をゆがませ、外記におおいかぶさる。外記は光右衛門を引き離そうと顔に手をかけた。

光右衛門はまたもピストルを向ける。

外記は土をつかみ、ピストルの銃口に突っ込んだ。

「これは、いただいておく」

外記はアヘンを手にし、立ち上がる。

「返せ」

光右衛門も起き上がると、ピストルの引き金を引いた。とたんに、ピストルは暴発した。

「欲に目がくらんで、まわりが見えなくなったか」

外記は光右衛門を見下ろした。光右衛門は、顔中を血に染め、こと切れていた。

使用人と火消しの声がする。奉行所の役人たちもやってきた。

外記は踵《きびす》を返した。

ところが、いったん去ったはずの黒装束の男たちが、外記に向かってきた。外記は役人に駆け寄り、

「お役人、あやつらが火をつけ、光右衛門どのを殺《あや》めたのだ」

役人の目が、男たちに向けられる。男たちは後ずさりした。そのすきに、外記は北国屋を走り去った。

北国屋の望楼が焼け崩れる音がした。

第二話　決闘三国峠《みくにとうげ》

一

八月になり、すっかり秋めいてきた。吹く風はさわやか、目に映る木々は色づきはじめている。空はあくまでも青く、流れる雲はうろこ状でやさしげだ。そんな秋晴れの昼下がりのことである。

老中首座水野越前守忠邦は江戸城中奥《なかおく》の老中御用部屋《ごようべや》で執務していた。そこへ御用部屋坊主が、

「矢部駿河守《やべするがのかみ》さまがお目通りを求めておられます」

と、用件を伝えてきた。矢部駿河守とは南町奉行《ぶぎょう》矢部定謙《さだのり》のことである。

水野は矢部の名を聞くと、わずかに口を曲げたが、

「通せ」

表情を消して返答した。

水野は矢部に対し不快感を抱いている。小普請組支配《こぶしんぐみしはい》から南町奉行に昇進させてやった恩を仇《あだ》で返されたと思っているのだ。

小普請組には非役《ひやく》の旗本が所属し、支配役はそうした旗本から就《つ》きたい役職の希望を聞き、斡旋《あつせん》する役目である。人材発掘を目的とする職ではあったが、閑職《かんしょく》であった。

その閑職にあった矢部を水野が南町奉行という重職に抜擢《ばってき》したのは、自分が推進する、天保の改革の協力者として目をかけたからである。自分を取り立てた水野に恩を感じ、忠勤をはげむことを期待したのだ。

ところが、矢部は水野が推進しようとした三方領知替《さんぽうりようちがえ》において、期待を裏切る働きをした。

三方領知替とは、出羽庄内藩酒井忠器《さかいただかた》、越後長岡藩牧野忠雅《まきのただまさ》、武蔵川越《むさしかわごえ》藩松平斉典《まつだいらなりつね》のあいだで領知替（国替え）をおこなうというものである。すなわち、酒井家を長岡へ、牧野家を川越へ、松平家を庄内へ転封《てんぽう》させる。

この計画はもともと、川越藩主松平斉典の懇願《こんがん》からはじまった。

大御所徳川家斉の二十五男斉省《なりさだ》を養子に迎えていた斉典は、肥沃《ひよく》な米どころを領内にもつ庄内への転封を、斉省の母お以登《いと》の方を通じて家斉に願い出た。そこには、川越藩の逼迫《ひっぱく》した財政事情があった。

家斉は願いを聞き入れ、水野に領知替を検討するよう命じた。水野は庄内藩、川越藩という二つの藩の領知替では、世上《せじょう》に川越藩への贔屓《ひいき》が露骨《ろこつ》に過ぎる印象を与えると考え、長岡藩も加えた三方領知替を計画したのだった。

三方領知替を実施すると、酒井家は領知十四万石《ごく》が七万石に半減してしまうことになる。世論は庄内藩に同情的だった。また、酒井家の善政を慕《した》う庄内藩の領民は、新領主松平家の苛烈《かれつ》な年貢徴収《ちょうしゅう》を恐れ、領知替反対の運動を起こし、前年暮れから四月にかけて、嘆願書をたずさえ、たびたび江戸に上ってきた。

水野は、「三方領知替」に反対して江戸に上ってきた庄内領の百姓を、江戸市中を騒がす不逞《ふてい》の輩《やから》として、矢部に処罰させようとした。百姓を処罰することによって、領民を治められない酒井家の非を転封の口実の一つにしようと考えたのだ。

まず、水野が標的にしたのは佐藤藤佐《さとうとうすけ》だった。佐藤は庄内出身の公事師《くじし》で、庄内の百姓たちの反対運動の陰の指導者と目《もく》されていた。矢部は水野の命により佐藤を奉行所に呼び出した。

佐藤はお白洲《しらす》で、領知替は、大御所《おおごしょ》家斉が自分の子どもを世継ぎとして迎えた川越藩の財政危機を救うため、豊かな米どころをもつ庄内領への転封を発令したものと、公然と証言した。

それを矢部は、堂々と老中へ上申したのである。公然の秘密が公《おおやけ》にされたことにより、幕閣は三方領知替の凍結に傾いた。将軍家慶は、こうした流れを読み、三方領知替中止を沙汰《さた》したのである。

水野は飼い犬に手を咬《か》まれた思いだった。

廊下で足音がし、襖《ふすま》をへだてて、

「矢部駿河守さま、お越しでございます」

御用坊主の声がした。

「入れ」

水野が事務的な口調で返すと、

「失礼いたします」

矢部が入ってきた。太い眉《まゆ》と大きな目は、剛直《ごうちょく》という評判を裏づけるようだ。

「なんじゃ」

水野は視線を合わさず、素っ気ない物言いである。

「当奉行所の隠密廻りに調べさせました」

矢部は懐中から報告書を取り出し、水野の前に置いた。水野は、「なにを調べた？」と、聞こうとしたが、矢部と言葉を交わすのが面倒になり、黙って報告書を読みはじめた。

「奢侈《しゃし》禁止の取り締まり状況を調べたご報告でございます」

矢部は言い添えた。水野は無言のまま目を通している。町奉行所の定町廻り、臨時廻り、隠密廻りの三廻りを駆使して、矢部は江戸市中で贅沢《ぜいたく》、華美《かび》をやめない町人の状況を調べた。

「あいわかった」

水野は報告書に目を通し終わるとぶすっと言い、横を向いた。用はすんだから、退出せよといわんばかりだ。

「その報告でございますが、ご老中はいかに思われますか」

矢部は水野を見たままである。

「違反者がまだまだ、あとを絶たん。もっと、厳しく取り締まる必要があるな。目付の鳥居なども隠し目付を放って、違反者摘発にはげんでおるぞ」

水野はこのとき初めて、矢部の顔をまともに見た。

「はい。しかと承《うけたまわ》ります」

「よし、さがってよい」

水野は横を向いた。が、矢部はさがろうとせず、

「ひきつづき取り締まりはおこないますが、ちと気がかりなことが」

野太い声を出した。

「なんじゃ」

水野は横を向いたまま、切れ長の目だけを矢部に向けた。

「その報告の呉服屋の商いの様子でございます」

「商いの様子？」

水野はなにか見落としたのかと報告書を取り上げ、めくった。

「本年六月の越後屋《えちごや》、大丸《だいまる》、白木屋《しろきや》という江戸を代表する呉服屋の商い高が、昨年の同じ月に比べ、越後屋で五千八百三十両、大丸が二千八百両、白木屋三千六百七十両あまり、減っているのでございます」

矢部はすらすらと述べ立てた。

水野の口元が引き締まった。数字一つひとつをそらんじてみせたことからして、矢部が面会を求めてきた目的がここにあるとわかったのだ。

「それが、いかがいたした」

水野はことさら事務的な口調になった。

「由々《ゆゆ》しきことと」

「おかしなことを申すものよ。呉服屋はいわば、贅沢華美の代表のようなものじゃ。奢侈禁止によって、商いが減るのは当然の結果である」

　水野は鼻で笑った。

「それは、そうでしょうが。商いが細るということは、民の暮らしも悪くなるということでございます。加えまして、米の値をはじめ、さまざまな物の値が上がっております。このままでは、江戸は不穏となり、民心が倦《う》み、盗賊《とうぞく》が跋扈《ばっこ》し……」

「黙れ」

　水野は静かに制した。矢部は口をつぐんだ。

「そのほう、町奉行であろう。御公儀が進める奢侈禁止の策を批判するか」

「拙者は、民の苦しみを思いまして、行きすぎた禁令はいかがなものかと。ご老中のお考えを拝聴いたしたいとまいった次第」

「行きすぎかどうかは、そのほうが判断すべきことではない」

　水野は矢部を睨みすえ、いったん言葉を切ってから、

「よいか。改革に痛みがともなうは当然じゃ。その痛みを乗り越えてこそ、真の改革が成就《じょうじゅ》できるのじゃ。一日も早く御公儀の財政を立て直し、堅固《けんご》なものとせねばならん。そなたも存じておろう。北からはオロシャ、南からはエゲレスの船がたびたび近海を荒らしておる。すでに天竺《てんじく》はエゲレスに侵され、清国もあやういという。この日の本とて、い

つ夷狄《いてき》が攻めてくるやもしれんのだ」

舌打ちした。矢部はなおも何か言いたげに身を乗り出したが、

「越前守さま」

御用坊主の声がした。

「なんじゃ」

水野は声を落ち着かせると、御用坊主がそばに歩み寄り、

「上さまのお召しにございます」

と、頭を下げた。

「矢部、報告書は受け取った。ひきつづき、違反者取り締まりにはげめ」

水野は頬を引き締め立ち上がった。

矢部は両手をついた。

二

「お召しにより、まかりこしました」

水野は中奥の将軍御休息之間《ごきゅうそくのま》に入った。家慶のほか、小姓《こしょう》と御側御用取次新見伊賀守《しんみいがのかみ》

正路《まさみち》が控えている。

「御庭番《おにわばん》からの復命書です」

新見は報告書を水野に渡した。表紙の左端が切り取られている。

切り取られた箇所に報告書を書いた御庭番の名が記《しる》されているのだが、老中に回覧する際には切り取るのが慣例となっている。報告者が誰であるのか、わからないようにしているのだ。

水野はていねいに読んだ。江戸向地廻り御用と呼ばれる江戸市中を探索した報告だ。内容は、奢侈禁止の取り締まりにより、江戸市中は火が消えたようになり、民心が倦んで、打ちこわしすらも起きかねない状況であることが記されていた。

「越前、いかに思う」

家慶は鷹揚《おうよう》な声を出した。

「奢侈禁止取り締まりの効用があらわれはじめたと存じます」

家慶は矢部同様、奢侈禁止がもたらす江戸庶民の苦しみを憂《うれ》えているようだが、さすがに水野は、矢部に対するように頭ごなしに言葉を返すわけにはいかない。

家慶は大きく息をつき、憂いの色を顔に浮かべた。

「民が苦しむことが効用と申すか」

「まずは、でござります」

水野は威儀《いぎ》を正してから、

「奢侈禁止は改革を進めるうえで絶対に必要でござります。贅沢華美な風潮を取り締まり、倹約をしなければ財政の立て直しはできませぬ。改革に痛みはつきもの。まずは、痛み、苦しみがあらわれます。病と同じでござります。体内から膿《うみ》を出し切らねば、病は平癒《へいゆ》いたしませぬ」

水野は頭《こうべ》を垂れた。

「すると、痛みのあとには改革が成就されるのでござりますな」

新見が口をはさんだ。

「いかにも」

水野は胸を張り、

「改革が成就すれば、御公儀は磐石《ばんじやく》の体制となります。さすれば、夷狄が攻めてこようが、恐れることはござりませぬ。清国はエゲレスとの戦で苦戦を強いられております。改革を躊躇《ちゆうちよ》してはなりませぬ。エゲレスやオロシャは、虎視眈々《こしたんたん》とわが国をねらっておるのです」

家慶に言上《ごんじよう》した。家慶は黙って聞いている。

「上さま」

　水野は両手をついた。

「上さまは、畏《おそ》れ多くも征夷《せいい》大将軍であられます。征夷大将軍とは夷狄征伐《せいばつ》が本来のお役目でござります。いまこそ、まさに征夷大将軍のお役目が問われるときにござります。改革を成就し磐石の体制となったところで、夷狄を迎え撃ち、見事討ち果たされませ。その日のために、どうぞ、改革を成就なされんことを、お願い申し上げます」

　水野は声を振りしぼった。

　家慶はしばらく水野を見ていたが、

「わかった。越前、さがってよいぞ」

　やさしい声で命じた。

「はは」

　水野は深々と平伏し、退出した。

「やはり、越前には話さなくてよかったな」

　家慶は水野がいなくなってから、おもむろに新見を見た。

「御意《ぎょい》にござります」

　家慶が水野に話さなくてよかったと言ったのは、公儀御庭番村垣与三郎に命じた新潟湊でのアヘン探索であった。

「申せば、水野さまのこと、それをたてに薩摩藩と長岡藩の改易《かいえき》を断行するでしょう」

「そうなれば、どうなると思う」

「長岡藩は譜代《ふだい》ゆえおとなしく従うでしょうが、薩摩となると」

新見は眉間《みけん》にしわを寄せた。

「頑強《がんきょう》に抵抗するであろうな。なにしろ、関ヶ原の戦の後も権現さま（徳川家康）のたび重なる上洛《じょうらく》命令も聞かず、国境を固めて、軍勢を迎え撃つ覚悟であったからのう」

家慶は言った。

「ところで、村垣の探索はいかなる様子じゃ」

「いまのところ、まだ知らせは届いておりません」

新見は頭を下げた。

待ち遠しいのか、家慶は視線を泳がせた。

そのころ、外記の娘お勢に外記からの書状が届いた。

お勢は、根津権現の門前町近くの武家屋敷に住んでいる。外記は御庭番を務めていたころ、表の顔は御家人《ごけにん》青山重蔵を名乗っていた。お勢が住んでいるのが青山重蔵の屋敷だった。

お勢は外記と辰巳《たつみ》芸者をしていた女とのあいだにできた娘だ。母の影響を受け、芸事が好きで三味線を習い覚えるうち、十歳のころ母を亡くした。それから、外記に引き取られ、この屋敷で暮らすようになった。

その後、常磐津《ときわず》の師匠《ししょう》となり、外記配下の御庭番の仕事をするようになった。町人と侍《さむらい》のあいだで育ったため、お勢の言葉には武家言葉と町人言葉が入り混じっている。

いまでも、屋敷の中の長屋を常磐津の稽古《けいこ》所にして指南をおこなっている。

お勢は、薄い紫地に稲穂のすそ模様をほどこした小袖に紅色の帯を締め、縁側に出ると、

「ばつ」

飼い犬を呼んだ。庭で寝そべっていた小さな黒犬が顔を上げた。

「父上から文《ふみ》が届いたよ」

お勢が言うと言葉がわかるのか、届いた文に外記のにおいを嗅《か》ぎつけたのか、ひと声吠《ほ》えて走り寄ってきた。

「父上はまだ新潟だって」

お勢はばつの頭をなでた。それから文に目を通すと、

「おや、まあ」

お勢の顔から笑みが消えた。

そのとき、木戸門をくぐって真中正助《まなかしようすけ》があらわれた。濃紺の小袖に仙台平の袴を身につけ、月代《さかやき》と髭をきれいに剃《そ》り髷をととのえていた。

真中は外記配下の御庭番の一人だ。相州浪人である。関口流宮田喜重郎《せきぐちりゆうみやたきじゆうろう》道場で師範代《しはんだい》をつとめる。関口流は居合《いあい》の流派であるが、真中自身は血を見るのが嫌いで峰打《みねう》ちが得意という、少々変わった男だ。

歳《とし》は二十五歳、男前であるが律儀すぎる一面をもつ。外記はお勢の婿《むこ》にと考えているのだが、お勢には真中の律儀すぎるところが優柔不断と映り、返事をにごしている。

「本日も修業をさせていただきます」

真中はお勢に頭を下げると、常磐津の稽古所である長屋に足を向けた。

修業とは、気送術である。外記は真中を後継者と考え、気送術を身につけさせようと修業を命じたのだ。

律儀な真中は、師範代の仕事を終えると、お勢の屋敷にやってきて修業を積んでいる。それは、修業ばかりか、外記の留守中にお勢の身になにかあっては、と目を光らせる目的も兼ねていた。

常磐津の稽古は、奢侈禁止の取り締まりのせいで、門弟《もんてい》の数は減り、稽古の時間も日数も激減していた。この日も、二十畳あまりの稽古所はがらんとして秋風が吹き抜けている。

真中はここで、丹田呼吸、すなわち、下腹部のへそ下あたりに精気をため、口から吐き出すという呼吸法を繰り返しおこなっている。

「真中さん、ちょいと」

格子戸を開けようとした真中を、お勢は呼び止めた。真中は、「なにか」と大股で歩いてきた。

「これ、父上から」

お勢は文を渡した。真中は一礼して受け取った。

「まあ、おかけよ」

お勢にうながされ、縁側に腰かける。

「長岡藩の下《しも》屋敷を」

真中はお勢を見た。

外記は長岡藩の下屋敷に忍び込み、土蔵の中を探るよう命じてきた。

「ただし、なにも盗んではならない、か」

真中は視線を泳がせた。

「お茶を淹《い》れるね。羊羹も切るよ」

お勢の親切を、

「どうぞ、お構いなく」

いつものように堅苦しい物言いで真中は断った。

お勢は小さく息を吐いて、

「そんなに根を詰めていると、却《かえ》ってものにならないわよ。剣術だってそうでしょう。肩に力が入り過ぎると、太刀筋が乱れる……、父の受け売りだけどね。三味線だってそうよ。いい音色を聞かせようって力んだら……」

ここまで言ったところで、

「わかりました。お相伴にあずかります」

真中は微笑んだ。


羊羹をお茶請けに、二人は言葉を交わそうとするが、取り立てて話題がない。つい、外記のことに話題が及ぶ。

「お頭《かしら》は実に大したお方です。武芸だけでなく、思慮に富み、何より我ら配下の者を巧みに使いこなしておられる。それゆえ、慕われるのでござりましょうな」

真中が褒め上げると、

「真中さんだってしっかりしているじゃない」

「いや、まだまだです」

「もっと、自信を持ったらどうなの。父から見込まれたのよ。気送術を伝授するのは真中しかいないって」

「それは、そうですが。わたしでは荷が重過ぎるというか……」

「だから、自信を持ちなさいって。父が見込んだんだから。必ず習得できるわよ」

お勢らしい明るく力強い口調で真中を励ます。

真中は湯呑を縁側に置き、お勢に向いた。

「荷が重いのは気送術習得のことだけではなく、その、つまり、お頭の跡を継ぎ菅沼組を束ねるということです。そんなお役目、わたしには……」

「束ねればいいじゃない。父を楽隠居させてあげて欲しいわ」

当然のように返すお勢に、

「それには菅沼家に養子……、婿養子入りすることになりますが」

おずおずと真中が返すと、はっとなってお勢は口をつぐみ、

「お茶、なくなったわ。淹れてくるわね」

と、立ち上がった。目元がほんのりと赤らんでいる。

「もう結構です。修業しなければなりません」

真中も腰を上げた。


何となく気づまりとなり、お勢は根津権現に父の無事を願掛けしてくると真中に言い置いて屋敷を出た。門前町の雑踏に身を委《ゆだ》ね、茶店の前に到った。すると、南町奉行所見習い同心、牛尾健吉が主人の半吉と言葉を交わしていた。

井戸替えを手伝っていた時の優し気な笑顔が思い出される。

「持ち場が浅草界隈に変わった」

牛尾が言うと、

「それは残念でございますが、お役目のことですので、どうかお健《すこ》やかに」

半吉は言葉通り、残念そうだ。

「見習いゆえ、浅草も長くは持ち場とならないだろう。しかしな、南の御奉行所に勤めることに変わりはない。困ったことがあったら、いつでも、奉行所に言ってきてくれ」

笑顔で告げると牛尾は歩き去った。

相変わらず、誠実で親切な男だ。

きっと、立派な同心になることだろう。

お勢は牛尾の背中が人混みの中に消えるまで見送った。

三

それより、十日前のことだ。

外記は村垣与三郎と新潟湊を逃れた。二人は北国屋が火事になった日の夕暮れ、白山横川の船着き場で落ち合った。

外記は、北国屋光右衛門から奪《うば》い取《と》ってきたアヘンを渡した。村垣は感謝し、

「失礼ですが、あなたは、忍び御用を遂行《すいこう》される御庭番ですね」

「いかにも。青山重蔵と申します」

外記はあえて変名を名乗った。変装用のかつらをかぶっていないため、庄内領で会った小間物問屋相州屋の隠居重吉とは気づいていない。

村垣は新潟湊探索について語った。

長崎を探索した御庭番から家慶に、薩摩藩がアヘン交易に手を染めようとしているうわさあり、と知らせが入った。薩摩は清国でイギリス船からアヘンを仕入れ、新潟湊に持ち込むつもりだという。

村垣は家慶から探索を命じられた。村垣は佳乃槌に逗留《とうりゅう》し、アヘンを持ち込む薩摩藩士有川新之助と船主を突き止めた。あとは、受け入れる廻船問屋を確かめようとしていたのだという。

「これで、動かぬ証拠が手に入りました」

村垣は顔を輝かせた。

「薩摩藩としては、アヘン交易の痕跡《こんせき》を消したいのですな」

「そのとおりです。やつらは有川を殺し、船主たちを国元に帰しました」

村垣は佳乃槌に戻り、馴染《なじ》みになった花魁から聞いたという。

「薩摩藩の連中、奪い返しにきますぞ」

「絶対奪われません」

「拙者も江戸まで同道いたします。どうせ、帰り道です」

外記が言うと、村垣はしばらく迷っているようだったが、役目の重さを思い、

「かたじけない」

頭を垂れた。

外記と村垣は、江戸へ向かう前に北国《ほっこく》街道を西に向かった。

「出雲崎《いずもざき》の代官所を訪ねます」

出雲崎は幕府直轄《ちょっかつ》地、つまり天領《てんりょう》である。

公儀隠密は遠国御用の途中、天領の代官所を訪れることがあった。旅費がなくなってしまったなどの、困ったときに身分証を提示すれば、代官以下の手厚いもてなしを受けることができる。

御庭番の中には、それをいいことに、路銀があるにもかかわらず、おのれの権威をひけらかすために代官所に立ち寄る者もいた。村垣の場合は、

「恥ずかしながら、代官所に助力を求めます」

追っ手をかけてくるであろう薩摩者に対する備《そな》えが必要だ。

「多少の武器、薬、道中手形をととのえてまいります」

村垣は、外記が守ってくれた懐中の身分証を、大事そうに右手で押さえた。

外記と村垣は、日本海の美しい海岸線を右手に見ながら、出雲崎に入った。

街道の両側には、家と家が重なり合うように立ち並んでいる。どの家も間口が二間《けん》（約三・六メートル）から三間半（約六・三メートル）というせまさだ。ただし、奥行きは長く、鰻《うなぎ》の寝床のような家ばかりだ。屋根の妻《つま》の部分は街道に向けられ、いわゆる、妻入りという構造である。

こうした妻入りの家並みが、北国街道に沿って一里（約四キロ）あまりもつづいている。出雲崎は、佐渡《さど》金山の荷揚げ湊として栄え、多くの人間が住むようになった。町家《まちや》には税がかけられた。税は間口の広さによってかけられたため、大勢の人間がなるべく税のかからない家に住むための工夫として、間口が狭く奥行きが長い家が立ち並ぶことになったのだ。

外記は村垣に、

「妙福寺《みょうふくじ》にてお待ちいたす」

と、小高い丘を見上げた。

村垣はうなずくと、代官所を目指した。

外記は木立におおわれた長い石段を上っていった。涼やかな風が頰をなで、つかのまの安らぎを与えてくれる。山門をくぐり境内《けいだい》に入ると、大きな松の下に立った。

眼前には日本海が横たわっている。晴天にもかかわらず、波が暴れ、波音が外記の耳にも届いてくる。

空と海の青さが重なった地平線に、佐渡の山並みの緑が霞《かす》んでいた。海と山にはさまれた街道沿いの町家は、屋根が連なり、陽光に輝いている。

「荒海や佐渡によこたふ天の河、か」

外記は自然と、芭蕉《ばしょう》の句を口ずさんだ。

境内で遊ぶ子どもたちや海を眺めているうちに、うとうととまどろんだ。木漏《こも》れ日がやさしく外記に降り注ぎ、波の音と潮風に包まれ昼寝を楽しんだ。

一刻《いっとき》（約二時間）ほどが過ぎ、足音が近づいてきた。外記は身体を起こし、立ち上がった。

「お待たせいたした」

村垣は地味な紺色の着物を尻《しり》はしょりにし、股引《ももひき》をはき、脚絆《きゃはん》を巻いて草鞋《わらじ》ばきである。腰には道中差《どうちゅうざし》と煙草《タバコ》入れを差し、菅笠《すげがさ》をかぶり、杖をついている。背中には大きな風呂敷包みを背負っていた。

典型的な庶民の旅装といったところだ。

「出雲崎の酒問屋が江戸の親戚を訪ねる、ということにしました」

村垣は代官所で用意してもらった道中手形を見せた。

「では、まいりましょうか」

外記が言うと、

「かたじけない。面倒をかけ申す」

村垣はていねいに頭を下げた。

「なんの、お役目なれば、礼は無用でござる。それに、これからですぞ」

外記に言われ、村垣の目に緊張の色が浮かんだ。

「ともかく、なんとしても江戸に戻らねば」

村垣は佐渡の山並みをまぶしげに見上げた。

四

外記が村垣と江戸への帰途を急いでいる最中、お勢の屋敷に外記配下の御庭番たち、いや、元御庭番たちが集まった。彼らは、外記が御庭番であったころ、外記の手足となって働いた。

外記が表向き死亡してから、外記の菅沼組は自然に解散となったが、外記が家慶の闇御庭番となると「世直し番」を称し、水野、鳥居の悪政を懲《こ》らしめるべく活動している。

構成員は、お勢、真中のほかに、俳諧《はいかい》師村山庵斎《むらやまあんさい》、絵師小峰春風《こみねしゅんぷう》、幇間一八《たいこもちいっぱち》、魚屋義《ぎ》助《すけ》である。なかでも庵斎は、外記よりも五つ年上の五十四歳と最年長ということもあり、また、外記とは三十年来の付き合いがあることから、外記の右腕である。

二月《ふたつき》前におこなわれた外記の庄内行きにも同行した。その際は、庵斎の俳諧師としての知識が存分に発揮され、外記の役目成就に大いに貢献した。

「お頭のねらいはなんでしょうね」

春風はあご髭を引っ張りながら、小首をかしげた。外記は長岡藩邸に忍び込めとは命じているが、なにも手出しするなと書き添えているのだ。

「お頭のねらいはわからんが、長岡藩の下屋敷に忍び込む段取りをせねばならんだろう」

庵斎は、春風に対抗するようにあご髭をなで回した。口とあごにたくわえた髭は、春風とは対照的に真っ白である。

「長岡藩の下屋敷は市谷谷町《いちがやたにまち》と深川《ふかがわ》の海辺橋《うみべばし》通りにありますが」

義助は江戸切絵図《きりえず》を広げた。江戸切絵図には、大名の藩邸の正門の位置がわかるように描きこまれている。

「市谷谷町は手狭《てぜま》でやんすね。蔵が並んでいるのは大きさから言ってこっちでしょ」

一八は扇子で海辺橋通りの下屋敷を指し示した。深川の霊巌寺《れいがんじ》のすぐ裏手である。

「さて、いかがするか」

庵斎はにんまりした。楽しんでいるようだ。

「春風さん、ここの絵図描けないの」

お勢が言った。

春風は一度見た屋敷の構造をすべて脳裏《のうり》に刻み、それを忠実に絵図に再現することができる。このため、外記が御庭番であったころ、いっしょにさまざまな大名屋敷に忍び込み、それらを絵図にしていた。

「あいにくと、行ったことありませんな」

春風は申し訳なさそうに頭をかいた。

「いっしょに忍び込みやしょう」

義助は半纏《はんてん》を腕まくりした。

「おまえとか」

春風は顔をしかめた。

「おまえとかはないでしょう。あっしだって、これまで、ずいぶんとは言わないが、お役に立ってきやしたぜ」

義助はむくれた。

「まあ、そうむくれるな。みな、わかってるよ」

庵斎が言うと、真中も大きくうなずき、

「そうさ、義助の錠前破りは天下一だよ」

お勢がほめたので、義助は、「それほどでも」と機嫌を直した。

「そうじゃ、長岡藩の江戸留守居役北村新左衛門《るすいやくきたむらしんざえもん》どのは、なかなかの俳諧好き。以前、霊巌寺で催された句会で席を同じくしたことがある」

「さすがは、師匠」

一八がすかさずよいしょをした。庵斎は顔をしかめたが、

「北村どのを訪ねてみよう。春風もいっしょにな」

どうにか、道は開けたようだ。


庵斎は、海辺橋通りにある長岡藩下屋敷に招かれた。

庵斎は俳諧を通じて交流のある南町奉行矢部定謙より北村新左衛門を紹介してもらった。庵斎の記憶どおり、北村は俳諧を趣味とし、とくに芭蕉を崇拝《すうはい》している。深川の芭蕉庵跡をたびたび訪れては、句をひねっていた。

庵斎は下屋敷の客間に通された。庭に面した十二畳の座敷である。障子が開け放たれ、庭が見渡せる。

どんよりと曇《くも》った空の下、欅《けやき》の緑がくすんで見える。小者《こもの》が池の面《おもて》の藻《も》を懸命に取り除いていた。

「お待たせいたした」

初老の小柄な武士が入ってきた。武士は庵斎の前に座ると、

「牧野家江戸留守居役北村新左衛門でござる」

満面に笑みを浮かべた。

「お忙しいなか、痛み入ります」

庵斎はていねいに頭を下げた。

「いやいや、ご高名な俳諧師どのにご来訪いただき、かえって恐縮です」

「そんな、たいした者ではござらん」

庵斎は照れ笑いを浮かべ、頭をかいた。

「いやいや、ご謙遜《けんそん》を。矢部どのよりお聞き申しましたぞ。中野石翁どののお屋敷にも出入りされ、お美代の御方《おかた》さまにも俳諧をご指南なさった、とか」

北村は感心したように大きく息をついた。

中野石翁の屋敷へは外記といっしょに行った。外記最後の忍び御用となった役目である。

外記は庵斎とともに石翁に近づいた。その際、庵斎の俳諧が役に立ったのだ。庵斎は、石翁邸で催《もよお》された花見の席で、お美代の方と石翁と俳諧をひねったのである。

「北村どのも俳諧に大変に造詣《ぞうけい》がおありとか」

庵斎はにこやかに言った。

「いや、下手《へた》の横好きというやつで」

雀《すずめ》が鳴いている。北村の好々爺《こうこうや》然とした風貌《ふうぼう》と相まって、のどかな昼下がりだ。

「先々月、芭蕉翁を偲《しの》んで、庄内まで旅をしてまいりました」

「ほう、それはうらやましい」

「気楽なだけが取り得の身でございますからな」

「それがしも早く隠居して、のんびりと旅がしたいもの」

北村は心の底からそう思うように、深くため息をついた。

「どうです。句会でも」

庵斎は、庄内への旅でひねった句を北村に見せた。北村は、ふんふんとうなずきながら眺めていたが、

「そうですな」

思案するように首をかしげた。

「たまには息抜きをなさったほうが」

「やりたいのですがな」

北村は主人の牧野備前守《びぜんのかみ》忠雅が京都に在任中で江戸と国元を留守にしている折、留守居役としては、遊興にふけるのはまずい、と困った顔をした。

「俳諧をひねるのに余計なものなど必要ござらん。貴殿とわたくしだけで」

「そうですな、そういうことならば」

北村は顔を輝かせた。

「では、明後日の昼九つ（正午）ということで」

庵斎が言うと、

「承知いたした」

北村は応じた。庵斎は、「では」と退出しようとしたが、

「そうだ。ただ二人だけで俳諧をひねるというのではちと寂しい。どうでございましょう。わたしの懇意《こんい》にしております絵師を連れてまいります」

「ほう、絵師ですか」

「絵師に頼んで、俳諧に彩《いろど》りを添えましょう。この庭を描かせたり、われらが詠《よ》んだ句を絵にしたりする。たとえば、月を詠んだのならその情景を絵にする。いかがです」

「それは、おもしろい」

北村は目を輝かせた。

五

二日後の昼九つ、庵斎は春風をともない、長岡藩の下屋敷を訪れた。

客間に通された庵斎は、春風を北村に紹介した。

「そうですか、わざわざ、ご足労かけますなあ」

北村はにこやかに言うと、春風は頭を下げた。

「それから、勝手ながら、魚屋を一人連れてきました」

「魚屋？」

北村は庵斎の言葉に戸惑い、ほんのわずか顔をしかめた。

「贔屓にしておる者で、魚の目利きは確かな男です。今朝、家にまいりまして、秋刀魚《さんま》のいいのが入ったと申しましたもので、手土産代わりに連れてまいった次第」

秋刀魚はこのころ庶民が食べる魚で、武士はめったに口にしなかった。が、奢侈《しやし》禁止のおかげで、贅沢品とみなされない秋刀魚は、大名や大身の旗本こそ口にしなかったが、藩士や下級武士、さらには屋敷の下働きの者たちには珍重された。

「ご当家では、秋刀魚はお召し上がりになりませんか」

「いや、下働きの者もおりますし」

北村は藩の体面《たいめん》を保つように前置きすると、

「じつは、拙者も大好物でして」

と、片目を瞑《つむ》って見せた。庵斎もおかしそうに肩を揺する。

「では、裏門の外で待たせておりますので、台所へ入れてよろしいですかな」

「かたじけない。みな喜ぶでしょう。では、女中に言いつけて、案内させます」

北村は腰を浮かしたが、

「わたしが行ってまいります。ご当家のかたのお手をわずらわせることはございません」

春風が立ち上がると、北村の返事を聞く前に軽やかな足取りで客間を後にした。

「ああ……」

北村は春風を止めようとしたが、

「まあ、よいではございませんか。それよりよい句が浮かびましたぞ」

庵斎が短冊を取ったので、浮かした腰を落ち着けた。

春風は御殿を出ると、築地塀《ついじべい》にそってゆっくりと裏門を目指した。

御殿の裏に台所棟があり、土蔵は台所棟の裏手に四つ並んでいた。秋のやさしい日差しを受け、海鼠壁《なまこかべ》に松の影を引かせている。さらに奥に進むと、井戸があり、そのそばにも土蔵が一つ建っていた。

土蔵は全部で五つだった。春風は裏門から土蔵に到る構造を頭の中に刻んだ。裏門には番所がもうけられているが、門番は二人ばかりいるにすぎない。

春風が門番に用件を告げようとしたとき、藩士が一人やってきた。台所方の役人で、北村から連絡を受け、魚屋を台所へ通すよう命じられたということだった。

くぐり戸が開けられ、義助が入ってきた。

盤台《ばんだい》には、見るからに活《い》きのいい秋刀魚がはみ出さんばかりに詰まっている。まさに、刀身のようなきらめきを放つ秋刀魚に台所役人は、

「おお、これは、うまそうだな」

つばを飲み込んだ。

「でしょ。ぜひ、召し上がってください」

義助はうれしそうに言うと、天秤棒《てんびんぼう》を揺らしながら台所へ向かった。

春風は、

――あとは頼んだぞ。

義助の背中に語りかけると、客間に戻っていった。

義助は台所役人に導かれ、台所に入った。女中たちも、秋刀魚を見て感嘆の声をあげた。

「てへへへ、いい秋刀魚でしょ」

義助が得意げに言うと、みな瞳を輝かせた。

「じゃあ、さっそく焼きましょうか。みなさん、昼飯はまだでしょ」

義助は秋刀魚を持ち上げてみせた。

女中たちは台所役人を見た。

「いや、当方で料理するゆえ」

台所役人はためらったが、

「こんなこと言っちゃあなんですがね。あっしゃ、秋刀魚焼かせたら、魚河岸《うおがし》でも右に出る者はいねえんで」

義助は胸を張ると、

「七輪はどこです」

台所を見回した。台所役人も、

「そうか、じゃあ、任せるか」

興味を示し、七輪と網を三つ用意させた。

「それからね、お女中がた」

義助は女中たちに気安く声をかけると、

「大根をたっぷりおろしてください」

大根をおろすしぐさをしてみせた。

女中たちは義助のひょうきんなしぐさに乗せられるように大根とおろし金を用意する。みな、楽しげである。

やがて、義助は七輪を団扇《うちわ》でパタパタとあおぎはじめた。秋刀魚の焼ける香ばしいにおいが煙といっしょに漂う。みな、つばを飲み込んだ。

「さあ、いい色になってきましたよ」

義助は手早く秋刀魚を焼いていく。みるみる大皿にはこんがりと焼けた秋刀魚が山と盛られていく。

「どうです、焼いてみますか」

義助が女中たちに言うと、みな、うれしそうに応じた。義助は、

「それ、ひっくり返して」

とか、

「もう食べごろだ」

と、口をはさんだ。

「手数かけたな。代金を持ってまいる」

台所役人は出ていった。

「ちょっと、厠へ」

義助は台所を出た。台所から女中たちの歓声が秋刀魚のにおいとともに運ばれてくる。

「厠はどちらで」

義助は裏門を守る門番に、厠の位置を確認した。うまいことに、四つ並んだ土蔵の向こうである。

「秋刀魚、よく焼けましたよ」

台所に顔を向け、大きく息を吸い込んだ。門番は、秋刀魚のにおいに誘われるように、台所を眺めつづけた。

義助は土蔵に到ると、錠前を見た。どの土蔵にも南京錠《なんきんじょう》がかけられている。義助は南京錠の形と鍵穴の大きさ、形を親指でなぞって、指先に覚え込ませた。すべての土蔵は同じ形状の南京錠だった。

――思ったより簡単だな。

義助は満足げに指の感触を楽しんだ。

翌々日の夜五つ半（午後九時）、真中と義助、春風は、長岡藩下屋敷の裏門近くの築地塀を乗り越えた。

春風は絵図を広げ、土蔵の位置を示した。

「まずは、こっちの土蔵の群れを先に」

春風は土蔵群を指差した。

月明かりが邸内を蒼白く照らし、静寂の中を春風に導かれながら土蔵を目指した。邸内を巡回する番士《ばんし》の提灯のあかりが、ぽつんぽつんと三つ動いていたが、警固は手薄だった。

文政年間、鼠小僧次郎吉《ねずみこぞうじろきち》は大名屋敷に忍び込み、千両箱を盗み出して庶民にほどこし、大変な評判を集めた。次郎吉が大名屋敷をねらったのは、警固が手薄だからである。大名たちはあまりに厳重な警固をすると、幕府から謀反《むほん》か、とあらぬ疑いをかけられることを恐れた。

このため、藩邸の警固は必要最低限にとどめていたのだ。

春風と真中、義助は、容易に土蔵に到ることができた。

「しめしめ」

義助はほくそ笑むと、懐から用意してきた鍵を取り出した。真中は番士の巡回にそなえて、警戒《けいかい》の目を向けている。

「よしっと」

義助は南京錠を開けた。ついで、音をたてずに引き戸を開ける。

義助を先頭に、春風、真中の順で土蔵の中に入った。

月明かりを頼りに中を確認した。

「お頭は、土蔵の中に何があるのか調べよと命じられた」

真中が言うと、春風は矢立てと懐紙を取り出した。

「米ですね。ここは米蔵だ」

義助は見回した。

なるほど、米俵《こめだわら》が山と積まれている。真中は、

「念のためだ」

言うと、脇差《わきざし》で米俵の一つを刺した。米がこぼれ落ちる音がした。

「間違いねえや」

義助は床にこぼれた米をすくい上げた。ついで、三人は米俵を手でさわり、みな米であることを確認した。

「穴蔵は」

春風は床を踏んだ。

土蔵には火事にそなえて穴蔵がもうけられている。火事になったら、大事なものを投げ入れ、砂をかけて火から守った。このため、穴蔵には砂袋が用意されている。

真中と義助が厚板を引き上げた。義助が中に入り、用意してきた蠟燭《ろうそく》に火をつけた。しばらく、中を調べていたが、

「砂袋しかありませんね」

「よし、次だ」

真中は言った。春風は米蔵の様子を懐紙に書きとめた。

三人は、次々と土蔵を調べていった。

米蔵の隣は味噌《みそ》蔵、その隣は炭と薪《まき》がおさまっていた。四つの土蔵群の最後が金蔵だった。

「お宝を前に指をくわえて見ているだけなんて、焼けた秋刀魚の前でおあずけをくってる猫みたいなもんですね」

金蔵から出たところで義助が言った。

「馬鹿、われら、盗賊ではない。目の前に、どのような宝があろうと、盗みに来たのではないのだ」

　真中は義助の頭をこづくと、

「最後の一つか」

　春風を見た。井戸端にぽつんと一つ建つ土蔵だ。

　三人は、緊張の面持《おもも》ちで土蔵に向かった。

「これは、ほかより大きいですな」

　真中は土蔵を見上げた。

「なにか、大事なものが」

　義助が言うと、

「金より大事なものか」

　真中が答えた。義助は肩をすぼめ、錠前をはずした。

　真中は警戒の目を周囲に向けた。警固がいないことを確認すると、

「よし」

　気合いを入れ、春風と義助をうながした。

「なんだ、こりゃ」

　とたんに、義助がすっとんきょうな声をあげた。

　二十畳ほどの土蔵の中には、薩摩《さつま》芋《いも》が山と積まれていた。

三人はしばらく薩摩芋の山を見上げていたが、

「念のため、穴蔵を」

春風がうながし、義助が穴蔵にもぐった。

「こら、すげえ」

義助の声がした。真中と春風が覗き込んだ。

そこは、穴蔵というよりは、畳敷きの広間になっていた。春風と真中も中に降りた。

「唐《から》渡り、それに阿蘭陀《オランダ》渡りの代物《しろもの》だ」

春風が青磁の壺やギヤマンの容器を手に取った。ほかにも、置き時計、皿、絵画といった美術品、朝鮮人参《にんじん》といった薬種が整然と並んでいる。春風は懐紙に書きつけていった。

「抜け荷品ですね」

義助が言うと真中はうなずいた。

すべてを春風が書きとめると、三人は引き揚げた。

「せめて、薩摩芋の一個くらい」

帰り際、義助が名残惜《なごりお》しそうな声を出したが、

「だめだ。お頭の命にそむく。それに、士道《しどう》が立たん」

真中にぴしりと言われ、「おらあ、武士じゃねえや」と小さくつぶやいた。

六

外記と村垣は、三国《みくに》街道を江戸に向かっている。六日町《むいかまち》までは信濃川を船で行き、三国街道に入ると塩沢《しおざわ》宿、関《せき》宿、湯沢《ゆざわ》宿、三俣《みつまた》宿、二居《ふたい》宿、浅貝《あさかい》宿をへて、三国峠に到った。峠を越えれば、上野国《こうずけのくに》である。関八州《かんはっしゅう》に入るのだ。

二人は御坂三社神社《みさかさんしゃ》の鳥居《とりい》前にある茶店に入った。

御坂三社神社は越後の弥彦《やひこ》、上野の赤城《あかぎ》、信濃の諏訪《すわ》の三社の神を祀《まつ》った神社である。越後、上野、信濃三国の国境に位置する峠を守護する神々だ。

茶店では行商人風の男たちが数人休んでいる。

「ここまでは、無事でしたな」

村垣は行商人たちを見ながら、ささやいた。

「そうですな。ここからが勝負ですぞ」

外記は周囲を見上げた。

緑におおわれた急峻《きゅうしゅん》な山並みが威圧するように広がり、旅人を見下すように鷹《たか》が悠々《ゆうゆう》と舞っている。

「茶とみたらし団子を」

外記は、村垣の緊張を解《と》くように、注文した。

「旅の無事を祈願していきますか」

外記は社《やしろ》を見た。村垣はうなずくと、茶碗を取った。しばらくみたらし団子と茶を楽しみ、村垣は煙管《キセル》を取り出して一服喫《きっ》した。

「青山どのは、煙草は？」

「拙者、煙草も酒もやりません。もっぱら、こっちのほうで」

外記はみたらし団子を持ち上げた。

二人はつかのまの憩《いこ》いのひとときを楽しむと、社に向かった。境内には、外記たちと同様に旅の安全を祈願する旅人が数人、賽銭《さいせん》箱の前にいた。

「江戸までの無事を祈願いたします」

村垣は銭を賽銭箱に投げ入れた。外記も投げ入れ拍手《かしわで》を打った。

参拝を終えた二人が鳥居から出たとき、右手の草むらが揺れた。

すかさず、外記は村垣を背中にかばった。

草むらから侍が続々と姿をあらわした。地味な黒地木綿の着物に草色の袴、顔は深編み笠で隠している。袴の股立《ももだち》を取り、殺気を漂わせていた。

参拝を終えた旅人たちが、怯《おび》えたようにわきを行く。侍たちは、外記と村垣の前に壁のように立ちはだかった。

「アヘンを渡せ」

一人の侍が前に進み出た。声からして新潟で刃を交えた男だ。外記と村垣が三国峠にあらわれるのを、先回りして待ち構えていたのだろう。

「渡さん」

村垣は返した。

「どうあってもか」

「当たり前だ」

村垣の返事と同時に、侍の壁が押し寄せた。

外記は左手を腰に添え、右の掌を広げて前方に突き出した。深く鼻から息を吸い、口から吐き出すことを繰り返す。全身に血が駆け巡って頬は火照り、丹田に気が溜まった。

突き出した右手を引っ込め、

「でやあ！」

裂帛の気合いと共に引っ込めた右手を突き出した。

陽炎が立ち上り、侍たちが揺らめく。

と、次の瞬間、

「ああ！」

壁の真ん中に大きな風穴が開いた。真ん中にいた三人の侍が、道ばたに仰向けに倒れたのだ。今日の気送術はひときわ強烈だった。まるで、目に見えない巨人の手で殴り飛ばしたようだ。

侍たちの動きが乱れたと同時に、外記は村垣をうながし、走り出した。気送術に吹き飛ばされた三人に目が向いているあいだに、外記と村垣は侍の壁の真ん中をすり抜けた。

「追え！」

侍の声が山間《やまあい》にこだました。

外記と村垣は峠道のわきの草むらに入った。

「人数、どれくらいいたのでしょう」

村垣は唇《くちびる》をふるわせた。

「二十人はいたでしょう」

外記は草むらに身をひそませたが、

「まともに相手にしたら屍《かばね》をさらすだけ」

「いかにいたします？」

「山の中に入りましょう」

「わかりました」

外記は村垣を連れ、山中深く入っていった。後方で侍たちの声がする。と、

「犬だ。やつら猟犬を連れてきた」

外記が言った。同時に、犬の遠吠えが草むらに響き渡った。

外記の脳裏に、ばつの姿が浮かんだ。が、声を聞く限り、ばつとは正反対の獰猛《どうもう》さである。

外記と村垣は高さ四尺（約一・二メートル）ほどの薄《すすき》の群れをかき分け、奥へ奥へと進んでいく。

と、犬が猛然《もうぜん》と薄の中を駆け抜けてきた。犬は、うなりながら村垣に飛びかかった。村垣の身体は犬とともに薄の中に沈んだ。

「おのれ」

村垣は道中差を抜いた。犬は手に咬みついた。

「村垣どの」

外記は、村垣から犬を引き剝がそうと屈《かが》み込《こ》んだ。

そのとき、侍が二人追いついてきた。二人の侍は外記に村垣を救ける余裕を与えず、刃

を振るってくる。外記は刃を避けた。

風を切る音がし、薄の穂が飛んだ。

外記は腰をかがめた。五尺に満たない外記の身体は、薄の中に消えた。一人が外記の行方を捜そうと屈み込んだ。

刹那、外記の刃が侍ののどを貫いた。

侍は、声を立てることもなく、薄の中に沈んだ。残る一人は、

「どげんしたとじゃ」

不安げな声を出すと、めったやたらに刀を薄に向かって振り回した。

薄が侍の刀で刈《か》られたが、刀は葉にとられ侍の手を離れた。あわてて、刀の柄《つか》に手を伸ばしたとき、

「とう！」

外記によって背中を刺し貫かれた。同時に、

「きゃいーん」

犬の鳴き声がした。外記が声のほうに顔を向けると、

「ふう」

汗と血に染まった村垣の顔があらわれた。

村垣の無事に安堵する間もなく、さらなる侍の話し声と犬の鳴き声が近づいてきた。外記と村垣は先を急いだ。

「怪我は？」

外記が聞くと、

「たいしたことはござらん」

村垣は、右腕と右足を犬に咬まれた。右腕からは血が流れている。

「ともかく、どこかで手当てを」

外記は言った。

二人は、渓流のせせらぎを聞いた。どちらからともなく、せせらぎを目指す。

杉の木立のあいだに谷川が流れていた。野鳥のさえずりとせせらぎが、渓谷をおおっている。二人は谷川に着くと、顔を洗い水を飲んだ。ひんやりとした水が、生気をよみがえらせてくれる。

村垣は風呂敷包みから塗り薬を取り出し、猟犬に咬まれた傷口にぬり、さらしを巻いた。

七

外記と村垣は、谷川から森林へと踏み込んだ。杉や橅《ぶな》、桂《かつら》などの原生林が、空を刺し貫いている。うっそうと枝を伸ばし、昼間とは思えない薄暗さだ。

二人は雑草が生い茂る林間を、奥へ奥へと進んでいく。すると、猟犬の鳴き声がこだました。

「上りましょう」

外記は杉の大木を見上げた。村垣もうなずく。

二人は、幹に取りつき、しゃくとり虫のように上方へよじ登った。大ぶりの枝にまたがり、下を見下ろす。

猟犬を連れた侍を先頭に、大勢が雑草を払いながら外記と村垣の下を通りすぎていく。

猟犬は目標を見失ったのか、遠吠えをくり返した。

「行くぞ」

首領格の侍が言うと、侍たちは奥へと進んだ。

外記は村垣と顔を見合わせ、地上に降りた。念のために周囲を見渡す。すると、雑草の茂みを踏みしめる足音がした。外記は村垣を残し、足音のほうに近づく。

一人の侍が、草むらで小便をしていた。外記は苦笑すると、侍は用を足し終え、仲間に追いつこうと村垣がいるほうへ進んでいく。外記は背後からそっと追いかける。

侍は村垣に気づくことなく、通り過ぎた。

村垣はほっと胸をなで下ろした。

「元へ戻りますか」

外記が言うと、村垣はうなずいた。二人は、元来た道をたどり、峠の街道を目指した。

薄の原に着いた。

すると、猟犬のけたたましい鳴き声がする。十人近い侍が待ち構えていた。

「いかん」

村垣は焦《あせ》りの色を浮かべた。

「森の中にひそみましょう」

外記は踵《きびす》を返した。

侍たちはまだ、二人に気づかないようだ。

二人はふたたび森林に駆け込むと、剝《む》き出《だ》しになった岩肌に洞窟《どうくつ》を見つけた。

「夜までひそみましょう。夜陰《やいん》にまぎれれば抜け出せるでしょう」

外記の言葉で、二人は蔦《つた》におおわれた洞窟の入り口をくぐった。

洞窟は一面の苔《こけ》におおわれ、蝙蝠《こうもり》の巣窟《そうくつ》となっていた。二人が入っていくと、蝙蝠が闇の中で蠢《うごめ》き、黒い塊《かたまり》となって二人のほうに飛んできた。

とっさに身を伏せる。蝙蝠は入り口から飛び立っていった。

洞窟の中はぞっとするほどの冷たさと、じめじめとしたなんともいえぬ居心地の悪さである。岩肌は、すき間から水がしたたり落ち、ぬるぬると苔におおわれているかと思うと、鋭い岩が突き出ている。

が、贅沢はいっていられない。

樹木が激しく揺れる音がした。外記は洞窟の外に出て、

「これは、ひょっとして」

空を見上げた。杉の木立のすき間から、曇り空が覗いている。雲の流れが異常に速い。

「嵐ですか」

村垣も横に来た。

「朝まで持ちますか」

村垣は心配げな色を浮かべた。

「うむ、これは」

外記が顔をしかめた。

すると、それが合図となったように、木々がいっそう激しく揺れはじめた。猟犬も嵐の襲来《しゅうらい》を感知したのか、激しく吠えた。

「やつら、まだ近くにいますね。やむをえません。嵐が過ぎるのを待ちましょう」

村垣は洞窟の奥に入っていった。


夜半、激しい風と雨が山を揺らした。

「これでは出られませんな」

外記が言うと、突風と大量の雨が山を包み込んだ。稲妻が走り、すさまじい雷鳴《らいめい》が暗黒の空をふるわせる。

洞窟の中で二人は丸くなり、嵐が通りすぎるのを待った。

「村垣どの、眠られよ」

外記の気遣いに、

「いえ、そういうわけには」

村垣はもぞもぞと身体を動かした。

「拙者が番をしておりますから、どうぞ。眠っておかぬと身が持ちませんぞ」

「平気でござる。青山どのこそ」

村垣は言ったが、半刻（約一時間）ほどすると寝息をたてはじめた。

外記はしばらく起きていたが、疲れが押し寄せ、自然とまどろんだ。


明け方になると、嵐が通りすぎ、朝日が山をおおった。

台風一過の朝である。雨を含んだ木々の緑が陽光にきらめき、野鳥がにぎやかにさえずり、山全体が生き返ったようだ。

「行きますか」

村垣は外に出た。外記もつづく。

二人は大きく伸びをすると、澄み渡った空気を胸いっぱいに吸い込んだ。緑と土と雨の入り混じった香りがした。

二人は、峠の道を目指した。杉の木立を抜け、雑草におおわれた狭い原野に出た。

「待っておったぞ」

侍たちがあらわれた。

「しつこいぞ」

外記は苦笑した。村垣は杖に手をかけた。出雲崎の代官所で調達した仕込み刀である。

「おいは、薩摩藩国家老《くにがろう》調所《ずしょ》笑左衛門《しょうざえもん》さまの用人で沢松半三郎《さわまつはんざぶろう》と申す」

新潟で外記と刃を交えた侍が、深編み笠をぬいだ。薩摩者らしい太い眉毛と大きな目をした中年男だ。

外記と村垣は無言で見返した。

「名乗られる必要はござらん。御公儀の御庭番がたとお見受け申す」

沢松はていねいな物言いをした。

「アヘンを渡すことはできぬ」

村垣は沢松の前に立った。

「もはや、アヘンは必要ござらん」

沢松の言葉に、村垣は外記に視線を送った。外記は、

「いかなることですかな」

侍たちの動きに注意を向けた。みな、沢松の背後で刀には手をかけず、深編み笠をぬぎ、整然と立ち尽くしている。

「昨夜、嵐が通りすぎるあいだ、じっくり考え申した」

沢松は落ち着いた口調で話した。

アヘンに手を染めたのは御納戸役の有川と有川の息のかかった船主たちである。ここで、

アヘンを奪い、そのために公儀御庭番の命を奪ったとなれば、ただですむわけがない。むしろ、公儀に対して薩摩藩がアヘン交易に手を染めていないことを明らかにしたほうがいい、というのだ。

「お信じいただきたい。アヘンはあくまで有川が私腹を肥やさんと、新潟湊に持ち込んだものでごわす」

沢松は頭を垂れた。

「信ぜよと申されるが」

村垣が口を開くと同時に、

「おいの命をもって、明らかにいたします」

沢松は懐から書状を取り出し、村垣に手渡した。村垣は目を通すと外記に渡した。

有川のアヘン交易の行状《ぎようじよう》が詳細に記されている。また、薩摩藩の名を騙《かた》り、このような悪事を働いた咎《とが》で成敗《せいばい》したとも書き添えてあった。

「それから」

沢松が、さらに一通の書状を村垣に差し出した。村垣、外記の順で読んだ。

それは、沢松の遺書だった。

有川の罪状が真実であることを自分の命をもって申し立てる、というのである。

「それを、公方《くぼう》さま（将軍）へお届けくだされ」

沢松の目は死を覚悟したせいか、涼やかに澄んでいた。

村垣はしばらく沢松の目を見ていたが、決心したように、

「わかり申した。しかと、上さまへ復命申し上げる」

軽く頭を下げた。沢松は、

「かたじけない。もはや、思い残すことはなか、と言いたいが」

と、微笑むと外記の顔を見、

「一つだけ未練がござる。貴殿と手合わせがしたい」

静かに言った。外記は、

「貴殿、北国屋の駕籠を襲い、拙者と刃を交えた御仁《ごじん》かな」

「いかにも」

「まこと、鋭く、力強い太刀筋だった」

外記は手のしびれを思い出した。

「おいが負けたら、斬って捨てて結構。ただし、切腹したことにしていただきたい。それと、貴殿の命は取らぬ」

「いや、武士が刃を交わす以上、命のやりとりでござる。拙者に異存はござらん」

外記は村垣を見た。

村垣は、二人の武士の覚悟にうなずいてみせた。

「少々お待ちを」

沢松は、脇差を抜いて右の親指の腹を斬り、遺書に血判を押した。

「では」

沢松は大刀を抜き、大上段に構えた。

外記は腰を落とし、柄に右手をかける。村垣と侍たちは二人の邪魔にならないよう、遠巻きに息を殺した。

木漏《こも》れ日が、外記と沢松を照らす。

沢松は大上段に構えたまま、じりじりと外記との間合いを詰めてきた。沢松の草鞋が、草むらを踏みしめる音がする。

外記のほうは刀の柄に手をかけたままだ。

桂の梢《こずえ》から百舌《もず》の鳴き声がした。

「ちぇすと!」

沢松の大音声《だいおんじよう》が山をふるわせた。

一瞬の後、刃がきらめき空気を切り裂いた。

が、切り裂いたのは空気だけで、外記の身体は後方にある。外記は沢松の刃が振り下ろされると同時に、後方に飛び退いたのだ。

沢松は一撃がはずされた動揺を打ち消すように、すさまじい速さで大刀を振るう。そのたびに山をふるわす、「ちぇすと」の気合いが発せられる。

村垣は、気合いを聞いただけで、背すじが冷たくなった。

村垣の心配をよそに、外記は冷静に太刀筋を見切り、たくみに刃を躱《かわ》す。右手は刀の柄を握ったままだ。

刃を躱すうちに、外記は杉の木立の中に入った。釣り込まれるように、沢松も駆け込む。

すると、沢松の太刀筋が鈍った。

杉の枝や幹が邪魔をしているのだ。それは外記にとっても同様で、大刀を鞘《さや》から抜くことができない。

狭い木立のあいだを、沢松と外記は駆け回った。沢松は獲物《えもの》を追う猟師のようなしつこさで、外記を捉えようとする。

ついに、沢松は外記を正面で捉えた。

大刀が振り下ろされる。

外記は沢松の懐に飛び込んだ。

次の瞬間には、右手で沢松の鳩尾《みぞおち》に当て身を食らわせる。

沢松の動きが止まり、その場に崩れ落ちた。

外記は失神した沢松を担ぎ、村垣たちのところに戻った。

「沢松どの」

外記は沢松を蘇生《そせい》させ、

「なにも死ぬことはござらん。われらと同道くだされ」

「貴殿、刀を抜く気、なかったのですな。木立に踏み込んだのは、おいの刀を封じるためと、ご自身も抜かぬため」

沢松は外記の問いには答えず、感心したようにうなずいた。

ついで、

「いや、すごか御仁と手合わせできて、よかごわした」

満足げに言うや脇差を抜き、腹に突き立てた。誰もが止める間もなかった。

「どうか、書状を公方さまへ」

それが、沢松の最期の言葉となった。

侍たちのすすり泣きの声が、山間に広がった。

「江戸へ」

村垣は唇を噛みしめ、外記を見た。

外記と村垣は、沢松の亡骸《なきがら》に手を合わせると、その場を去った。

百舌が、沢松の死を悼《いた》むように鳴いた。

第三話　恵みの薩摩芋《さつまいも》

一

九月になり、木々が色づきはじめた。お勢は色づいた柿の木を見上げ、

「もうちょっとかね」

熟するのが待ち遠しいように、つい声を洩らした。頬をなでる風はさわやかさを通り越し、朝晩は身を切るような冷たさを覚える。

「もういいじゃろう」

外記が木戸門をくぐってきた。

宗匠頭巾をかぶり、白髪のかつらとつけ髭を口とあごにほどこしている。薄茶の小袖に軽衫袴《カルサンばかま》、袖なし羽織を身につけ、大店の隠居をよそおっていた。

菅沼外記は、老中首座水野忠邦に命をねらわれて以来、江戸市中を歩くときは小間物問屋相州屋重吉を名乗っていた。

「お帰りなさい」

お勢は、柿を食べるにはまだ早いと言いながら母屋に向かった。ばつが尻尾《しっぽ》をふって駆け寄ってきた。外記はしばらくばつの頭をなでてやってから、母屋に入った。

庭に面した居間に入ると、羊羹と茶が用意されていた。外記の好物である豊島町《としまちょう》の菓子屋大黒屋《だいこくや》の練《ね》り羊羹である。口に入れ、ゆっくりと味わい、濃いめの茶を飲んだ。旅の疲れが消えていく。

「父上、これをご覧ください」

お勢は書付を持ってきた。小峰春風が記した長岡藩邸の土蔵の様子である。

「おお、うまくいったようじゃな」

外記は書付に視線を落とした。

「すごい抜け荷品ですよね」

お勢はあきれたように顔をしかめた。

「牧野さまといえば、譜代《ふだい》の名門。ご当主の備前守さまは京都所司代。やがては、ご老中におなりになるって評判ですよ。そんなお方が抜け荷に手を染めるなんて」

「四年前、抜け荷を働いていた新潟湊の廻船問屋が評定所で裁かれた。そのとき、牧野さまはお咎《とが》めなしじゃった」

「なぜです？」

「抜け荷相手が薩摩藩だからじゃ」

「薩摩藩相手だとなぜ、お咎めがなしなのですか」

「広大院《こうだいいん》さまじゃよ」

外記は羊羹を平らげた。お勢は、「ああ、そういうこと」と合点したようにうなずいた。

広大院とは、大御所家斉の未亡人である。薩摩藩主島津重豪《しまづしげひで》の娘で五摂家《ごせっけ》筆頭近衛《このえ》家の養女となって、家斉の正室となった。

家斉が大御所となると、大御台所《おおみだいどころ》さまと尊称された。家斉薨去《こうきょ》後は、落飾《らくしょく》し広大院を称し、いまも健在である。

広大院の実家薩摩藩は琉球を通じ清国と交易《こうえき》し、抜け荷品を加賀《かが》や越後でさばいた。藩財政立て直しにとって、抜け荷交易は生命線である。幕府も目を瞑《つぶ》っていた。広大院を憚《はばか》ってのことである。

評定所において長岡藩にも薩摩藩にもお咎めがなかったのには、こうした事情がある。

「薩摩芋が山と積んであったそうだから、抜け荷品はやはり薩摩藩から仕入れているのですね」

「そういうことじゃ。しかし、宝の持ち腐《ぐさ》れじゃな」

外記はニヤリとした。

障子を開け、縁側に出た。やわらかな日差しを浴びながら日向《ひなた》ぼっこを楽しむ。お勢も横に座った。縁側にいた雀《すずめ》が鳴き声をあげながら飛び去った。うろこ雲が秋空に広がっている。

「この奢侈禁止のご時世では、抜け荷品をさばくことはできんからな」

「なら、せめて、薩摩芋でもほどこしをすればいいのに」

お勢は、諸物価の高騰《こうとう》で米も買えない庶民の不平不満が鬱積《うっせき》していることを語った。

外記は、

――アヘンはないようだ。沢松の言葉は信じていいだろう。

三国峠の山中で闘った沢松半三郎の無骨《ぶこつ》な顔を秋空に重ねた。

そのころ、江戸城中奥の御駕籠台《おかごだい》に村垣与三郎が入った。

御駕籠台は、上御鈴《かみおすず》廊下と呼ばれる大奥への出入り口の中奥側にもうけられた昇降口である。将軍は御駕籠台で御庭番を引見《いんけん》し、命令を伝え、役目を終えた御庭番から復命を受けた。

村垣にとっては、今日が生まれて初めて単身での将軍拝謁《はいえつ》である。御用の命令は先輩御庭番の川村新六が受けたのだった。

村垣与三郎は八代将軍吉宗が定めた御庭番家筋十七家を継ぐ正規の御庭番である。祖父定行《さだゆき》は勘定《かんじょう》奉行をつとめたほどの力量の持ち主だった。このため、村垣は幼いころから祖父のようになれと期待されながら育てられた。家慶も、村垣の毛並みのよさと素直で誠実な人柄を愛《め》で、今回はぜひとも手柄を立てさせようと単身による新潟探索を命じたのだった。

御側御用取次新見伊賀守正路が控えている。緊張の面持《おもも》ちの村垣に、

「上さまにおかれては、そのほうの働き、たいそうお誉《ほ》めであるぞ」

緊張をほぐそうと声をかけてくれたが、そう言われるとかえって緊張が増した。額やてのひらが汗ばみ、何度も懐紙を使った。

やがて、家慶があらわれた。

村垣は、飛《と》び跳《は》ねるように御駕籠台の外に出ると、濡《ぬ》れ縁《えん》にもうけられた階《きざはし》を降りた。そこは、高い塀に囲まれた坪庭《つぼにわ》のような空間で、真っ白い玉砂利《たまじゃり》が敷かれている。玉砂利の上に竹箒《たけぼうき》が置いてあった。

御庭番が将軍に拝謁する際、竹箒を片手に持つということが慣例化されている。御庭番

が本来庭の掃除番であるという建前にもとづいたものだ。

村垣は先輩たちから教えられたように、竹箒を片手で持った。が、緊張のために何度も落としてしまう。やっとのことで竹箒を片手に持ち、玉砂利に正座し両手をついた。

「御庭番、村垣与三郎にござります」

新見はおごそかな声を出した。

「村垣与三郎にござります。お召しによりまして、まかり越しましてござります」

村垣は両手をついたまま、うわずった声を張りあげた。

「うむ、復命書、読んだぞ」

家慶は言葉をかけた。

「ありがたき幸せにござります」

村垣は、玉砂利を見たまま頰をほころばせた。額の汗が玉砂利を濡らした。

「くるしゅうない。面《おもて》を上げよ」

家慶は御駕籠台に腰を下ろした。

村垣は先輩たちの言葉を思い出した。将軍から声をかけられたらどうすればいいか。すぐに、顔を上げてはならない。ましてや、将軍の顔を仰ぎ見てはならない——。

村垣は、「はは」と置物のように固まった。

「御意《ぎょい》のままにいたせ。上さまにおかれては、そのほうからじかに話をお聞きになられる」

新見が村垣に命じた。村垣は、「はは」おずおずと顔を上げた。家慶のやさしげな笑顔があった。思わず、顔を伏せる。

「こたびは、ようやった」

「ありがたき幸せに存じ奉ります」

村垣は声をはげました。家慶はうなずくと、

「アヘンを扱っておったのは、薩摩の有川とか申す藩士とその息のかかった船主ども、廻船問屋は新潟湊の北国屋だけなのじゃな」

「その、薩摩藩士沢松の申すことを信ずればですが」

「信用できるか」

「はい」

「しかと、申せるか」

家慶は目に力を込めた。

「申せます」

村垣も言葉に力を込めると、三国山中で忍び御用をつとめる青山重蔵とともに対決した

ことを語った。家慶の目に好奇の色が浮かんだ。

「伊賀、休息之間に与三郎への褒美《ほうび》がある。持ってまいれ」

伊賀とは新見伊賀守正路である。新見は頭《こうべ》を垂れ、退出した。

「与三郎、近《ちこ》う」

家慶は手招きした。村垣は躊躇したが、家慶の目に引き寄せられるように階の真下まで膝行《しっこう》した。

「橋場《はしば》鏡《かがみ》ヶ《が》池《いけ》のほとりに小間物問屋の隠居で相州屋重吉と申す男がおる。そのほう、これより訪ねよ。そして、明日、ともにまいれ」

家慶の思いがけない命令に村垣は戸惑《とまど》い、

「その者、大奥出入りの商人でござりますか」

聞いたが、

「訪ねればわかる。よいな」

家慶は思わせぶりな笑みを浮かべた。

相州屋重吉とは、庄内領探索の際、交流をもった。重吉は、俳諧師といっしょに芭蕉を偲《しの》ぶ旅をしていると言っていた。

——重吉を訪ねよとは？

村垣は、ぼんやりとうろこ雲を見上げた。

二

その日の昼下がり、村垣は黒地の小袖を着流し、茶の角帯に大小を落とし差しにして菅《すげ》笠《がさ》をかぶり、橋場鏡ヶ池のほとりにある家を訪れた。二百坪《つぼ》ほどの敷地に生垣《いけがき》がめぐらされ、藁葺《わらぶ》き屋根の母屋《おもや》と台所、厠、風呂、蔵、井戸があるのみの地味な田舎家である。二本植えられた大きな杉の木が目についた。

ただ、小高い丘の上に建っているため、見晴らしと風通しのよさは申し分ない。が、秋も深まり、風通しのよさが災いして朝晩はつらそうだ。生垣から覗くと、小さな黒犬が庭の陽だまりでうたた寝をしていた。

村垣は菅笠をぬぎ、木戸門をくぐると玄関の前に立った。

「御免《ごめん》、御免」

声を放つと黒犬が顔を上げ、村垣を見た。が、吠《ほ》えることもせず、あくびをするとふたたび眠りについた。格子戸が開けられ、

「どなたかな」

男があらわれた。

「ああっ、あなたは……、青山どの、では……」

村垣は口をあんぐりとさせたが、すぐに相好を崩した。

「村垣どの、まあ、中へ」

外記は、にこやかに村垣を庭に面した居間に導き、

「男一人に、犬一匹の住まい。気楽だけが取り得の家ですゆえ、満足なもてなしはできません」

頭をかくと、

「いえ、そんな、どうぞお気遣いなく」

村垣は十畳の居間に通された。

——どうしてここに青山が？

外記は扮装をとき、白髪まじりの髪を総髪に結っている。薄茶の小袖を着流し、浪人青山重蔵のままである。

「よく、ここがわかりましたな」

外記は台所から、茶と羊羹を持ってきた。

「じつは」

村垣は正座した。外記は、「どうぞお楽に」とみずから胡坐《あぐら》をかいてみせた。村垣は正座のまま、

「畏《おそ》れ多くも上さまより」

今朝の復命の様子を語った。

「それで、相州屋重吉にお城にまいれ、と」

外記はにんまりとした。

村垣は小首をかしげながら、

「青山どの、貴殿と相州屋重吉とはどのようなご関係が……」

外記は、「ふふ」と、肩を揺すった。村垣は、怪訝な表情を消すことなく、なおも聞きたげだったたが、

「明日、上さまの御前にておわかりいただけると存じます」

外記に言われ、黙り込んだ。

翌日の昼八つ（午後二時）、外記は大奥出入りの小間物問屋相州屋重吉に扮《ふん》し江戸城に入り、村垣とともに大奥湯殿《ゆどの》近くの坪庭を箒で掃きはじめた。

まもなく、白木綿の浴衣に身を包んだ家慶が、梅之間にあらわれた。ここは、湯上がり

の将軍が休息をする部屋である。家慶は風を入れようと襖を開けた。

庭を掃いていた外記は、片膝をついた。横にいた村垣も箒を左手に片膝をついた。

「外記、大儀《たいぎ》じゃ」

家慶はほがらかに言った。村垣の肩が揺れた。

「畏れ入り奉りましてござります」

外記は顔を上げた。

「外記も与三郎も、上がれ」

家慶は、身体をよじり遠慮の態《てい》の村垣を、

「早よう上がれ、湯ざめするではないか」

催促《さいそく》した。

家慶と外記、村垣は梅之間で対面した。家慶は、小姓も入れず、襖を締め切った。村垣は将軍の間近に座し、緊張のあまり、頰を赤らめうつむいている。

「外記よ、よくぞ与三郎を助けてくれたのう」

「もったいないお言葉にござります」

外記は深々と頭を垂れた。

「与三郎よ、公儀御庭番、忍び御用をつとめておった菅沼外記じゃ」

家慶に紹介され、村垣は硬直した顔を外記に向けた。外記は宗匠頭巾をぬぐと、かつらとつけ髭を取り、村垣を見返した。

「ああ、青山どの……。そうでしたか、貴殿が、菅沼外記どの。お噂はかねがね……。しかしながら、お亡くなりになった、と聞き申したが」

村垣は戸惑いの表情を浮かべた。

「どっこい、こうして生きてござる」

外記はにんまりすると、

「簡単に死ぬような男ではない」

家慶もうれしげに頬をゆるめた。

村垣は、ぽかんとした顔で二人の様子を眺めていたが、しだいにわけのわからない喜びがわき上がり、顔をほころばせ、声を放って笑った。

「与三郎、外記はのう、世のために働く、御庭番、世直し御庭番なのじゃ」

家慶は外記との関係を話した。

家慶と外記は三十年にわたる付き合いである。家慶が将軍世子《せいし》として江戸城西《にし》ノ丸《のまる》で暮らしていたころからだ。もちろん、一介《いっかい》の御庭番と将軍世子であるから、まともな付き合いなどできるはずはないが、家慶は外記に親しみをおぼえていた。

外記は家慶を警固する折、江戸城下の様子をたびたび語り、家慶は外記の姿を見つけると、うれしげな顔を向けてくれた。同じ歳という気安さと、外記によってもたらされる下界《げかい》の情報にことのほか興味を抱いた。

外記は家慶に、町人が持っている独楽《こま》や凧《たこ》をこっそり渡した。家慶は外記によって市中を垣間《かいま》見ることが、なによりも楽しかった。

一度、ひそかに江戸の町を二人で散策したこともある。家慶は外記にともなわれ、両国広小路《りょうごくひろこうじ》や浅草奥山《あさくさおくやま》という江戸有数の盛り場をお忍びで見物した。見世物小屋、大道芸人、茶店、見るものすべてが新鮮で刺激的だった。なによりも、そこにいる庶民の笑顔が忘れられない。

それ以来、家慶は外記になにかと目をかけていた。

「なるほど」

村垣が顔を輝かせた。

「ところが、今年の四月、中野石翁どの失脚工作の忍び御用を終えて……」

外記は家慶の命で、「向島《むこうじま》のご隠居」という異名《いみょう》で呼ばれていた大御所家斉の近臣《きんしん》、中野石翁の失脚工作をおこなった。

外記は石翁失脚の工作を見事になし遂げた。ところが、水野は外記の口封じをはかり、暗殺をくわだてたのだ。外記は間一髪難を逃れた。

以来、家慶は水野や鳥居の悪政に天誅《てんちゅう》を加えることを役目とする、「世直し御庭番」を外記に命じたのである。

三

「ところで、こたびの薩摩の抜け荷についてじゃ」

家慶はおもむろに口を開いた。

外記と村垣の顔に緊張が走る。

「アヘンは断じて見過ごすことはできん。亡国の原因となるからのう」

「仰せのとおりにござります」

外記は村垣を見た。村垣も大きくうなずく。

「与三郎の復命にあった薩摩藩士、外記の目から見て、信用のおける男か」

家慶は、村垣から提出された沢松の報告書と遺書を両手で持った。

「はい。拙者、沢松と命のやりとりをいたしました。沢松の申すこと、うそではないと思いました」

「そうか」

家慶はしばらく視線を格天井《ごうてんじょう》に泳がせていたが、

「アヘンを扱った薩摩藩士は死に、廻船問屋は焼けた。ひとまずは、決着はついたわけだ。だが、アヘンは論外としても、抜け荷交易を公然とおこないつづけることを見過ごしにはできん」

視線を外記と村垣に戻した。

「畏れながら、抜け荷交易を処罰するとなれば、湊へ運んでくる者、受け入れる者、双方を処罰せねばなりません」

外記は顔を上げた。

「薩摩と長岡双方をじゃな」

家慶は言ってから、

「余としては、事を荒立てたくはない」

口元を引き締めた。

「水野さまはなんと申されておられるので」

村垣が聞いた。

「越前は、アヘンのことは知らぬ。知れば、薩摩を取り潰せと騒ぎ立てるであろうな」

やはり、村垣の新潟湊探索に水野は関係していなかった。家慶が外記に村垣助勢を命じなかったはずである。

「薩摩を取り潰すこと、できませぬか」

村垣は目を光らせた。

「できぬことはない。が」

家慶は口をつぐんだ。

「畏れながら広大院さま、でござりますか」

村垣は声をひそめた。

「いや、そうではない」

家慶はきっぱりと言うと、

「薩摩を改易処分にする、ということは、長岡も改易とせざるをえない。長岡は公儀の命にしたがい穏便に開城するとして、薩摩は素直に開城し、公儀の使者を受け入れるとは思えぬ。そうなれば、戦となろう」

家慶はいま諸大名を動員し、薩摩まで遠征することの非を述べた。

「公儀にも諸大名どもにも、薩摩まで軍勢を率いて遠征する余裕などない。みな、財政は火の車じゃ。無理に動員したとして、苦しむは民。そのうえ、薩摩七十七万石、死に物狂いで戦う。堅固に守りを固め、抜け荷交易でエゲレスやオランダから武器を買い、軍勢を迎えるだろう。さすれば」

家慶は顔をゆがませた。

「まさか、負けまするか」

村垣はうめいた。

「負けはせん」

家慶は余裕の笑みを浮かべた。

「いかに薩摩が手強《てごわ》かろうが、天下の軍勢を敵に回して勝てるはずがない。最終的には、公儀の勝利となる。しかし、薩摩を滅ぼしたとて、公儀も諸大名も甚大《じんだい》な損害をこうむる。さすれば、喜ぶのは」

家慶は村垣を見据えた。村垣は、

「喜ぶのは」

と、口をつぐみ外記を見た。

「エゲレス、オロシャ、夷狄どもでござります」

外記は静かに答えた。家慶はうなずくと、

「外記の申すとおりじゃ。日の本の国で内乱が起きれば、それにつけ入るは、夷狄どもの常套手段《じょうとう》じゃ。エゲレスに国を侵されておる天竺を見よ。清国とて、あやういぞ」

顔をしかめた。

「では、薩摩はお咎めなし、と」

村垣は唇を噛みしめた。

「いや、灸《きゅう》をすえてやる」

家慶は頰をゆるめた。外記も微笑む。

「外記よ、絵図を描け」

「かしこまりました」

外記は両手をついた。

「薩摩へは灸をすえるとして、このまま抜け荷をつづけさせるわけにはいかん。それには、新潟湊を長岡藩から上知《あげち》させ、公儀の直轄とするのがよい」

家慶は思案がまとまったのか、おだやかな表情となった。

「越前へは、海防上の必要性から直轄としたい旨、話そう。新潟湊を夷狄から守るということじゃ」

「それはよきお考えにございます」

外記が言うと、村垣も頭を下げた。

「それから、与三郎」

「はは」

家慶は外記と村垣の顔を交互に見比べながら、

「そのほう、余と外記のつなぎ役となれ。単につなぎ役となるだけでなく、外記から探索術を学ぶのだ。御庭番をつとめるうえで、大いに役立つはずじゃ」

「かしこまりました。またとない、修練ができると存じます」

村垣は頭を垂れると、外記を見た。外記も、

「よろしくお願い申す」

と、微笑んだ。

「言うまでもないが、外記のこと他言無用ぞ」

家慶が言うと、

「かしこまりました」

村垣は明朗《めいろう》な声を発した。

外記は相州屋の隠居重吉の扮装に戻り、下城した。鏡ヶ池の自宅に戻ろうと、浅草を通り過ぎた。

浅草寺《せんそうじ》の裏手に出、浅草田圃《たんぼ》を通ると、刈り入れを終えた稲が天日《てんぴ》干しにされている。雀が舞い、案山子《かかし》がぽつんと寂しげに立っていた。畦道《あぜみち》には、りんどうが紫の花を開かせていた。

外記は畦道を通り過ぎようとした。すると、道ばたにうずくまる女がいた。縞《しま》木綿の小袖に茶色の帯を締め、白い揚帽子をかぶっている。揚帽子は武家の妻女の外出姿である。

外記が近づくと、女は苦しげな声を洩らしている。

「いかが、なされた」

外記が声をかけると、

「少々胸に差し込みが」

女はうつむいたまま、苦しげに声を振りしぼった。

「寺があります。あそこまで、まいりましょう。さあ」

前方に寺が見える。

そこへ、

「お加減が悪いのですか」

と、声がかけられた。

声の方を見ると、若い侍が立っている。千鳥格子の小袖を着流し、黒紋付の羽織を重ねていた。羽織は裾を捲って帯に挟む、いわゆる巻き羽織である。小銀杏に結った髷と相まって、町奉行所の同心、いわゆる八丁堀同心のようだ。

「胸が苦しいとおおせゆえ、あの寺で休んで頂こうと思ったところです」

外記は前方の寺を指差した。

八丁堀同心はうなずくと、

「わかりました。では、わたしがお連れしましょう」

と、身を屈《かが》めた。

ここは八丁堀同心に任せ、外記は立ち去ろうとした。

女は躊躇《ためら》ったが、

「どうぞ、遠慮はご無用ですぞ」

八丁堀同心にうながされ、顔を上げた。

——お志摩《しま》！

外記は心臓を鷲《わし》づかみにされた。

よろめきそうになるのをどうにか堪《こら》え、

——そんなはずはない。

女の顔から目をそむけた。女は遠慮がちに八丁堀同心におぶさると、

「申し訳ございませぬ」

か細い声を出した。

「よろしいですか、参りますぞ」

丁寧に言葉をかけてから八丁堀同心は畦道を寺に向かった。八丁堀同心に任せようと思ったが、お志摩に似た女のことが気にかかり、付き添うことにした。

お志摩は、かつて外記と恋仲になり、お勢を産んだ辰巳芸者だった。いまから、十四年前に流行り病で死んでいる。そのお志摩に、

――生き写しだ。

外記は高鳴る胸の鼓動を抑え、寺の山門に到った。観生寺《かんしょうじ》という浄土《じょうど》宗の寺だった。

四

小坊主が出てきて、
「美佐江《みさえ》先生」
驚きの眼《まなこ》を向けてきた。女をおぶった八丁堀同心の横で外記が美佐江と行き会った経緯《いき》
緯《さつ》を手短に語った。

小坊主がすぐ庫裏《くり》に案内した。外記と八丁堀同心で美佐江を八畳の座敷に運んだ。すぐに住職が出てきて、蒲団《ふとん》を用意させた。住職は小坊主に医者を呼んでくるよう言いつけた。

「では、わたしはこれで失礼致します」

安堵の表情で同心は言った。

外記は八丁堀同心に向き、

「手前は小間物問屋相州屋の隠居で重吉と申します」

「申し遅れました。わたしは南町奉行所の見習い同心で牛尾健吉と申します」

見習い同心か、なるほどまだ年若い。二十歳前後であろうか。瘦《や》せぎすで優男然としているが、日に焼けた浅黒い顔は熱心に町廻りをしている様子を物語っている。対照的な真っ白の歯とはきはきとした物言いは爽やかな印象を与えていた。

「では、わたしは町廻りがありますので。ご婦人、くれぐれも大事に。ご隠居もお健やかで」

牛尾は笑顔を残すときびきびとした所作《しょさ》で立ち去った。

外記は牛尾に好感を抱かずにはいられなかった。

行きがかり上、というよりはかつての恋人に生き写しの美佐江への興味から、外記は寺

にとどまった。客間に通され、

「住職の妙観《みょうかん》です」

妙観は初老の痩せた男である。閉じられた障子越しに差してくる日差し同様の、おだやかな風貌《ふうぼう》だ。

「小間物問屋をいとなんでおりました隠居で、重吉と申します」

外記もおだやかに返し、美佐江を浅草田圃の畦道で助けた経緯を語った。

「そうでしたか、それは、かたじけない」

妙観は軽く頭を下げると、

「美佐江どのには、当寺で近所の子どもたち相手に手習いを教えていただいておるのです」

「失礼ながら、お見受けしたところ、お武家の奥方のようですが」

外記は好奇心を隠せずに、美佐江の素性《すじょう》を聞いた。そんな外記の心のうちなど知るよしもない妙観は、

「ご主人は蘭《らん》学者の山口俊洋《やまぐちしゅんよう》どのでござる」

と、言ってからうつむき、

「じつは、尚歯会《しょうしかい》に属しておられたのです」

顔を曇らせた。尚歯会とは、渡辺崋山《わたなべかざん》、高野長英《たかのちょうえい》、小関三英《こせきさんえい》を中心とした洋学者、蘭学者の集まりである。諸藩の藩士、幕臣、町医者と、身分の垣根を越えて海防論議をおこなう有志の集まりだった。

それを、二年前の天保十年（一八三九）五月、公儀目付鳥居耀蔵は海外渡航をくわだてている、と弾圧した。世に悪名高い、「蛮社《ばんしゃ》の獄《ごく》」である。蛮社とは、尚歯会のことを洋学かぶれと嫌う国学者たちがつけた蔑称《べっしょう》である。

公儀大学頭《だいがくのかみ》という儒学の総元締めである林家《りんけ》に生まれた鳥居は、骨の髄《ずい》まで洋学、蘭学を嫌い抜いていた。鳥居は尚歯会を敵視し、狡猾《こうかつ》にも尚歯会内部に協力者をつくり、ありもしない海外渡航のくわだてであり、と内部告発をさせたのだ。

鳥居の弾圧により、尚歯会は解散させられた。美佐江の主人俊洋も捕縛《ほばく》され、小伝馬《こでんま》町《ちょう》の牢《ろう》屋敷に入牢《じゆろう》中であるという。

「それは……」

外記は言葉をなくした。

「俊洋どのは陸奥《むつ》の相馬《そうま》藩のご出身で」

妙観は俊洋の素性を語った。

俊洋は相馬藩の藩医の次男として生まれ、十五年前に江戸に出て蘭方医町村玄道《まちむらげんどう》に師事し、長崎に留学して蘭学、洋学を修めた。その後、十年前江戸に戻り、浅草田町《たまち》一丁目で塾を開いた。美佐江は恩師玄道の娘だという。

「俊洋どのはご自身の塾のほか、当寺で近所の子どもたち相手に手習いを教えてくださいましてな」

妙観のなつかしげに輝く瞳《ひとみ》を見ると、俊洋の人柄をうかがうことができた。

「で、ご主人が入牢後は、美佐江どのが代わりをつとめられているのですな」

外記の問いに妙観はうなずくと、

「住職さま」

と、小坊主の声が障子越しにした。

「なんじゃ」

妙観がおだやかに返すと、

「美佐江先生が目を覚まされました」

「そうか」

妙観は外記に笑顔を向けると、

「いま、行く」

外記をうながし、立ち上がった。

二人は、美佐江が寝ている八畳間に入った。床がのべられ、美佐江が身を横たえていた。かたわらに医者が座っていて、盥《たらい》に水が汲んである。

「ああ、そのままに」

身体を起こそうとした美佐江に、妙観がやさしく微笑みかけた。

「いえ、もう大丈夫です」

美佐江は医者の介添《かいぞ》えを受けながら上半身を起こした。頬に赤みがさし、回復ぶりがうかがえた。医者によると、血の道の病ということだった。しばらく休んでいれば、平癒《へいゆ》するということで、妙観は安堵の表情を浮かべた。

外記もほっとした。

「申し遅れました」

美佐江は外記に向かって名乗り、助けてくれた礼を述べた。

色の白い、瓜実顔《うりざね》である。はっとするような美人ではないが、白百合《しらゆり》のような楚々《そそ》とした美しさだ。

あらためてまじまじと見ると、お志摩とは顔立ちは似ているが、醸《かも》し出《だ》す雰囲気はまるで違う。お志摩はきっぷのよさが売りの辰巳芸者だった。それは娘のお勢に受け継がれている。美佐江のほうは、医者の家で育ち、学者の妻となったせいか、奥ゆかしさを感じさせた。

お志摩が亡くなったのは三十一歳だった。美佐江も三十路《みそじ》にいたったばかりだろう。

「あの」

美佐江はまじまじと見詰める外記に、戸惑いの表情を浮かべた。

「ああ、すみませぬ。ちょっと、知り合いに似ておられるもので」

外記はあわてて視線をそらすと、小間物問屋の隠居で重吉と名乗り、

「鏡ヶ池のほとりに隠居所があります」

と、自己紹介した。

「本当に、ご面倒をおかけしました」

美佐江は何度も頭を下げた。

「くれぐれも、お大事に」

挨拶もそこそこに立ち上がった。これ以上、美佐江の声を聞くのが苦しかった。声は容貌以上にお志摩そっくりだった。もちろん、町人言葉を早口で話したお志摩とは違い、上品な武家風の言い回しである。

しかし、声といい、容貌といい、そう、微笑んだときに右頬にできるえくぼは、まさにお志摩が生き返ったようだ。

「今日は、ありがとうございました」

妙観は玄関まで送りに来た。

「これで美佐江どのになにか滋養のつくものを、それと子どもたちへ菓子でも」

外記は一分金《いちぶきん》を懐紙に包んだ。

五

翌日の深夜、外記は村垣与三郎、真中正助と薩摩藩上《かみ》屋敷近くにいた。三人とも地味な小袖に袴をはき、大小を落とし差しにしている。

外記は、真中を自分の配下の者として村垣に紹介した。美佐江の、いや、よみがえったお志摩の面影《おもかげ》を必死で振り払ってのお役目である。

薩摩藩上屋敷は幸橋御門《さいわいばしごもん》内にある。肥前佐賀《ひぜんさが》藩鍋島《なべしま》家、陸奥白河《しらかわ》藩阿部《あべ》家と隣接し、通りをへだてて大和郡山《やまとこおりやま》藩松平《まつだいら》家の上屋敷がある。敷地六千八百坪を超す、堂々たる屋敷だ。

星影のまたたきを見上げ、外記は松平家上屋敷の築地塀《ついじべい》の陰に身をひそませて表門の様子をうかがった。門番が二人、いかめしい顔で往来《おうらい》を睨んでいる。藩主が逗留《とうりゅう》する上屋敷、しかも質実剛健《しつじつごうけん》を誇る薩摩藩であるだけに、警戒《けいかい》は厳重をきわめていた。

屋敷の周囲を見回ったが、表門ばかりか台所門、小門《こもん》、裏門といった門という門には番士が目を光らせ、矢倉《やぐら》からも周囲への警戒を怠《おこた》っていない。

「さすがは薩摩、と申せますな」

周囲を検分して、村垣がため息を洩らした。

「国元同様、藩邸にも他国者は寄せつけぬということですか」

真中は淡々と言った。

「ということは、外記どののお考えどおり、薩摩の堅固さと士道《しどう》を尊《とうと》ぶ気風を利用する、という策が功を奏《そう》しそうですな」

「ま、成功してみないとわかりませんがな。では、そろそろ」

外記が言うと、村垣は緊張の面持ちとなり、大きく息を吸い込んだ。真中にもその緊張が伝わったとみえて、背すじがぴんと伸びた。

三人は番士の視界に入らない闇の中に溶け込んだ。外記は懐から皮袋を取り出し、着物の左袖をまくり、二の腕をさらした。そこへ皮袋を開け逆さまにした。赤黒い液体が流れ落ちた。

血糊《ちのり》である。

外記はニヤリとすると、真中に視線を送った。真中は抜刀し、

「おのれ！　逃げるか！」

ついで、

「逃がすな！」

村垣も叫び立てる。

闇空を真中と村垣の声がふるわせる。

「ご開門くだされ」

外記は、薩摩藩邸の表門に向かって飛び出した。

「いかがなされた」

番士は驚きながらも落ち着いた所作で外記に近づいた。ついで、すばやい動きでくぐり戸を開けた。

「さあ、急ぎ、入られよ」

番士は外記の身体をかばい、くぐり戸から藩邸に入れると、戸を固く閉ざした。入れ替わるように初老の藩士が一人出てきた。

「いま、男が藩邸に入って行きもうしたな」

村垣は息をはずませた。

真中も肩で息をしている。頰には返り血を浴びたように、血糊を付着させていた。

「いかにも、当家に駆け込んだ者ゆえ、匿《かくま》い申した」

藩士はいかめしい顔で見返した。

「お引渡し願いたい」

村垣は藩士に迫った。

「それでは、武家の定法《じょうほう》に反する」

藩士はひるまない。

「あの者には遺恨《いこん》がござる。どうか、お引渡し願えまいか」

真中は頭を下げた。

「なりませぬ」

藩士は傲然《ごうぜん》と言い放った。そのとき、背後の闇が蠢いた。蠢きはもぞもぞと、なにごとか声を放った。

「待っておれ」

村垣は苛立《いらだ》たしげに振り返る。それを見て、

「さあ、帰られよ。多勢をかたらい、当家の門前でこれ以上の騒ぎを起こすとあらば、捨て置きませんぞ」

藩士は村垣と真中を睨みつけると踵を返し、くぐり戸から藩邸に入っていった。村垣と真中はしばらく門を見上げていたが、首を振りながら闇に消えた。蠢きに向かって、

「ご苦労さん。うまくいったぞ」

真中が声をかけた。一八と義助、春風だった。

この時代、往来で武士同士の争いが起きた場合、一人に対し複数が追っ手をかけると、かけられたほうは大名や旗本の屋敷に逃げ込むことがあった。逃げ込まれた屋敷は、責任をもって追っ手から匿うというのが武家の定法である。

逃げ込まれた屋敷では、逃げ込んだ侍の身の安全をはかったうえで、争いを詮議《せんぎ》し、その侍に非があると判断すれば処罰《しょばつ》したり、相手に引き渡したりした。非がないと判断すれば、路銀《ろぎん》を与えて逃走を助けた。

ただし、慣習として、老中、若年寄《わかどしより》、寺社奉行、町奉行、勘定奉行、大目付《おおめつけ》、目付という公儀の重職、要職をつとめる者の屋敷に逃げ込むことは避けられた。

質実剛健を誇る薩摩藩であれば、体面を重んじて、助けを求めてきた侍を追っ手から匿うのは当然だった。

外記は、番所の控えの間に通された。

「怪我はいかがでございます」

初老の藩士が声をかけてきた。

「たいしたことはござらん」

外記は着物の袖を破って、二の腕に巻いていた。

「明朝になったら、医者に診《み》せましょう」

「いや、お匿いいただいたうえにそのようなこと」

外記は頭を下げた。

「なんの。多勢にて追っ手をかける者たちから匿うは、武家の定法。ましてや、当家は薩摩隼人《はやと》でござる。士道を曲げる者などおりもうさん」

藩士は自慢げに答えた。

「さて、いかがなされた」

藩士は事情を聞きはじめたが、

「じつは」

外記ががっくりとうなだれたため、

「あ、いや、今晩は休まれよ」

藩士は番士に蒲団を座敷にのべさせた。外記は崩れるように身を横たえた。

一刻（約二時間）が過ぎ、外記は身体を起こした。

闇の中である。番士たちの息遣いが感じられる。

外記は闇に身体を溶け込ませながら、部屋を抜け出た。御殿の巨大な檜皮葺《ひわだぶ》きの屋根が浮かんでいる。番士が巡回する提灯が揺れていた。外記は足音をしのばせながら、縁の下にもぐり込んだ。

腹ばいになり、蜘蛛《くも》の巣をかき分けながら進んでいく。

深閑《しんかん》とした邸内に、鈴虫やこおろぎの鳴き声が聞こえる。柱と柱のあいだを百足《むかで》のように這《は》いつくばりながら、やっとのことで中庭に出た。

周囲を御殿の縁がめぐった手入れの行き届いた庭である。松と、桜、楓が池をとり巻き、築山《つきやま》や石灯籠《いしどうろう》がもうけられている。ごく見慣れた大名屋敷の庭であるが、他家では見ることができない植木があった。

蘇鉄《そてつ》である。

松の近くで、蘇鉄は頂《いただき》に長く大きい羽の形をした葉を冠《かんむり》のように出している。鉄を好むと言われ、幹《みき》に釘が刺されていることがよくある。南国で生育する植物である。国元から運んできたのであろう。

外記は蘇鉄に近寄ると、懐中から包みをいくつか取り出した。根元の土を掘り起こしてそれらを埋め、その上から土をかぶせる。

——よし。

踵を返すと、ふたたび御殿の縁の下を這いずり、庭先に出た。ついで、闇の中を忍び足で築地塀まで走り寄ると屋根に飛び上がり、周囲に目を凝《こ》らす。邸内は、静まり返ったままである。

外記は音もたてずに往来に飛び降りた。目の前には大和郡山藩邸の長大な築地塀が横たわっている。外記はそこへ張りつくと、薩摩藩邸の番士の視線から逃れるように塀を蟹《かに》のように横歩きで幸橋御門を目指した。

——成就した。

と、薩摩藩邸を通り過ぎたとき、

「ご苦労さまです」

村垣が声をかけてきた。

「なんだ、待っておられたのか」

外記はささやいた。村垣は、

「真中どのたちは、長岡藩邸に向かわれました」

と、告げた。

六

そのころ、真中、義助、一八、春風は深川海辺橋通りの長岡藩下屋敷の裏門前にいた。それぞれ大八車《だいはちぐるま》を用意し、麻の袋を持っている。

「まったく、お頭も物好きでげすな、よりによって盗むのが薩摩芋だなんてね」

一八が言った。

「民へのほどこしだ」

真中はいつもの律儀な顔をすると、右手を挙げ、

「行くぞ」

合図をした。

四人は、裏門わきの築地塀から邸内に侵入した。声と足音をしのばせ、邸内を眺め回す。

「おや」

思わず義助が声を出したように、裏門を固めるはずの番士がいなかった。

「無用心でげすな」

一八は、自分たちが盗賊行為をしでかそうとすることを棚に上げた。

「薩摩藩邸とは大違いだ」

真中も小首をかしげたが、

「まあ、われらにとっては、もっけの幸いだがな」

井戸端の土蔵を目指した。

「おやおや、どうなっているんだ」

義助はまたも戸惑いの声を出し、

「これ、ですよ」

南京錠《なんきんじょう》を右手に持った。

「すでに、はずれていたのか」

春風は引き戸に視線を落とした。

「罠《わな》か」

真中は声をひそめ、周囲を見回した。

邸内を巡回する番士の姿もない。眠りの中にある屋敷は、鈴虫の鳴き声が空気をふるわせ、秋の夜長が横たわっている。

「ともかく、中に入ってみよう」

春風が引き戸に手をかけ、ゆっくりと開けた。

静寂《しじま》に、戸がきしる音がかすかに鳴った。引き戸から月明かりが差し込み、薩摩芋の山を照らし出した。

春風が中に左足を踏み入れようとした。が、

「ちょっと、待ってください。くさいでげすよ」

一八が春風を引き止めると、

「ちょっと、こうやって」

戸口で腹ばいになり、両手を床に伸ばしぽんぽんと何度も叩《たた》いた。

「大丈夫でげすね」

一八は合点したようにうなずくと、立ち上がり、右足をそろりと伸ばした。

「なにをやっているのだ」

真中があきれたような声を出すと、

「床が抜けるかもしれないと、思いましてね」

一八は真顔で返した。

「大丈夫でやすよ」

義助は明るい声を出すと、ずかずかと中に入った。

「ね、平気でしょ」

義助は薩摩芋の横で飛び跳ねて見せた。

「ま、ともかく急ごう」

春風は言うと、袋を広げた。

四人は薩摩芋の山に取りつくと、黙々と詰め込みはじめた。

「わたしと、春風師匠で詰め込む。一八と義助で運んでくれ」

真中は作業の効率を考え、言った。

こうして、一八と義助は裏門外に置いてある大八車と土蔵を忙しく往復した。

四人は、薩摩芋をまるで黄金のように必死で運び出した。一刻後、すべての薩摩芋を盗み出し、長岡藩邸をあとにした。

「なんだか狐につままれたような気分でやんすね」

義助は、得意の錠前はずしが披露《ひろう》できなかったことが多少不満として残り、さかんに首をひねった。

「まあ、うまくいったからいいじゃないか」

春風が言った。

「せっかく、用意してきたんだけどな」

義助はまだ名残惜《なごりお》しそうに懐から鍵を出した。

四人はおのおの大八車を引き、霊巌寺の境内に入った。

暁《あかつき》を迎え、空が白みはじめた。朝もやが広大な境内をおおい、幻想的な風景を醸し出している。

「ご苦労」

外記が待っていた。

「お頭」

四人は笑顔で駆け寄った。

「ほう、ずいぶんとあったもんじゃな」

外記は大八車に積まれた袋詰めの薩摩芋をさわった。

「それが、長岡藩邸、妙でした」

真中は長岡藩邸侵入の様子を語った。

「そうか」

外記はにんまりすると、

「急げ、夜が明けるぞ」

四人に命じた。四人は、大八車から袋を担ぎ上げ、境内の真ん中に薩摩芋をあけた。次々と薩摩芋が落とされ、山になっていく。

「終わりました」

真中が言うと、

「これでよし」

外記は、立て札を薩摩芋の山の前の地べたに刺した。

「天の恵み　薩摩芋　勝手に持っていくがよい　ただし　武士はお断り　世直し番」

真中が読み上げた。

「行くぞ」

外記が言うと四人は引き上げた。

朝陽に薩摩芋の山が輝いた。

「あれ？」

「どうした」

外記たちが山門を出たところで、境内の掃除に出てきた小坊主の驚きの声を聞いた。

「長岡藩は騒ぎ立てませんかね」

真中が外記を見た。

「騒がんさ」

外記はきっぱりと言ってのけた。

「どうしてです」

義助がすっとんきょうな声を出す。

「体面のためですか。藩邸から薩摩芋が盗まれるなど、間抜けなことですからね。おまけに、抜け荷品ときてますから」

春風の考えに、

「それもある」

外記は思わせぶりに返した。

「ひょっとして、警固手薄であったことと関係があるのですか」

真中は立ち止まった。霊巌寺からざわめきが流れてきた。庶民が集まりはじめたようだ。

「じつはな」

外記は、書状を長岡藩江戸留守居役に送った。新潟湊の抜け荷の実態を書きつづったのだ。

そして、このことを目安箱に投書してほしくなかったら、一晩だけ下屋敷の抜け荷蔵を開けておけ、配下の者に取りに行かせる、と記したのであった。ただし、捕縛しようとしたら、ただちに投書する、と書き添えた。

目安箱は八代将軍吉宗が庶民の声を政《まつりごと》に反映させようと創設した。投書によってできたのが小石川養生所《こいしかわようじょうしょ》であることは有名である。投書は将軍がじかに目を通すことが定められていた。

「さあて、あとは薩摩か」

外記は澄んだ空気を胸いっぱいに吸い込んだ。

七

翌朝、薩摩藩上屋敷ではちょっとした騒ぎが起きた。匿っていた外記が、朝になったら忽然《こつぜん》と姿を消していたのである。

すわ、盗賊か。

すぐに、邸内の土蔵や貴重品が調べられたが、なにも盗まれた形跡はなかった。

いったい、何者？

番士たちや外記を庇《かば》った侍は一日、首をひねった。

が、結局、被害がないということで問題にはされなかった。

そのころ、薩摩藩主島津大隅守《おおすみのかみ》斉興《なりおき》は江戸城表《おもて》の白書院《しろしょいん》で家慶と対面していた。

白書院は江戸城にあって大広間に次ぐ格式をもち、大がかりな行事の際には大広間と一体化して使われる。白書院で将軍と対面できる大名は、御三家《ごさんけ》、御三卿《ごさんきょう》、加賀、薩摩、仙台などの四位《しい》以上の官位をもつ国持《くにもち》大名に限られた。

斉興はこの年、五十一歳。薩摩藩十代藩主である。七十七万石の大藩の主にふさわしい風格を漂わせているが、けっして安穏《あんのん》と過ごしているわけではない。最大の難問は、幕府や諸藩同様の莫大な借財である。

斉興は、借財五百万両という破綻《はたん》寸前の藩財政の立て直しを、国家老《くにがろう》の調所笑左衛門広《ひろ》郷《さと》に任せた。

調所は、借り入れ先の商人たちを脅迫《きょうはく》し、無利子で二百五十年分割払いという返済条件を呑《の》ませた。そのうえで、琉球を通じて清との抜け荷をおこない、財政立て直しに奔走《ほんそう》しているのだ。

「上さまにおかれましては、ますますもって健やかなるご様子。慶賀のいたりと存じ奉ります」

斉興は下段之間から、上段之間で鎮座《ちんざ》する家慶を仰ぎ見た。

「ふむ。大隅も壮健そうじゃのう」

家慶はおだやかな眼差しを向けた。

ふだんなら、いかめしい顔をして居並んでいる老中が、今日はいない。広々とした白書院には、家慶と小姓、斉興だけである。

これは、自分への厚遇《こうぐう》か、と斉興はほくそ笑んだ。そう思うと、金色に彩られた障壁《しょうへき》画《が》がよりいっそうの輝きを放って見える。

「さっそくであるが、上屋敷に使いを出し、蘇鉄の根元にあるものを掘り出してまいれ」

「はあ……あの、畏れながら、それは、いかなるご趣向で」

意外な家慶の命令に、斉興は戸惑うばかりだったが、将軍直々の命令である。疑問をさしはさむ余地はない。

「はは。承りましてございます」

斉興はいったん退出すると、御用坊主《ごようぼうず》に用件を伝えた。

「思えば、余とそのほうは、似た境遇《きょうぐう》よのう」

怪訝な表情のまま着座した斉興に、家慶は声をかけた。

斉興は家慶の真意を測りかねるようにうなずいた。

「大信院どのが長きにわたり、政の実権を手放されなかったであろう」

大信院とは、薩摩藩八代藩主重豪、斉興の祖父である。

重豪は、隠居してからも藩政の実権を握りつづけた。斉興は文化六年（一八〇九）十九歳で藩主となったが、重豪が後見として依然藩政をつかさどり、天保四年（一八三三）に死ぬまで実権を握りつづけた。

父家斉が幕政の実権を保持しつづけた家慶とは、祖父と父の違いはあるが、似た境遇といえた。おまけに、傾いた財政を立て直すという大仕事を担わねばならなかった、という点においても、である。

「畏れながら、大御所さまもご長寿にござりました」

斉興はおずおずと返した。

二人はしばらく、家斉と重豪の思い出話を語り合った。それからおもむろに、

「薩摩藩の財政立て直し、なかなかに順調、とか」

家慶は話題を変えた。

斉興の目に緊張の色が浮かんだ。

「知ってのとおり、公儀の台所も楽ではない。なんぞ、秘策でもあれば、余に教示してほしいものじゃ」

「めっそうもござりませぬ。上さまにご教示など」

斉興は平伏した。

「謙遜《けんそん》することはない」

家慶は口元をゆるめた。

「わが藩は藩士ども領民ども、ただただ、ひたすら質素倹約にはげみ、地道に借財を返済いたしておるだけでござります」

斉興は顔を伏せたまま、声をはげました。

「そうか。余も越前がうるさいのでな、質素倹約にはげんでおる」

家慶は「ふふっ」と笑い添えた。越前とは老中首座水野越前守忠邦である。

「はは。畏れ入りましてござります」

「じゃがな、正直な話、たまには遊びもしたい。息抜きじゃ。そうであろう」

「…………」

斉興は家慶の意図が読めず、黙り込んだ。

「そのほうも遊びをしたくならぬか」

「は、その、まあ」

斉興は、額と首すじに汗をにじませた。

「舟遊びが好きなようじゃな」

「は、舟遊び、で、ござりますか」

斉興は顔を上げた。

家慶の顔から表情が消えていた。

「舟遊び好きが高じて、はるか清国や新潟にまで足を延ばしておるとか」

斉興は身体をふるわせた。

そのとき、上屋敷からの届け物を御用坊主が持ってきた。紫の風呂敷包みだ。

「くるしゅうない。広げてみよ」

家慶は冷然と言い放った。

斉興は慎重な手つきで風呂敷包みを広げた。とたんに、

「これは……」

うめき声を洩らした。

外記が埋めておいたいくつかの包みである。中身はアヘンと沢松の報告書、遺書であった。さらにアヘンには書付が添えられ、新潟湊において有川新之助どのより頂戴した、とあった。

「大隅、舟遊びもたいがいにせぬと、転覆いたし溺《おぼ》れるぞ。溺れては広大院どのも悲しまれよう」

広大院は重豪の娘で家斉の正室、斉興にとっては伯母である。

「はは」

「藩邸に使いを出し、蘇鉄の下に埋まっておる包みを届けさせた。わが手の者が埋めた」

その言葉に、アヘンの抜け荷が発覚した驚きもさることながら、いつなりとも自在に密偵を藩邸に潜入させられるぞという家慶の威圧を受け、斉興は苦渋《くじゅう》の色を浮かべた。

「余の手の者の調べにより、アヘンは有川とか申す薩摩者が新潟湊の廻船問屋と結託《けったく》し、私腹を肥《こ》やすために手を染めたことがわかっておる。そのほうや藩とはかかわりない。よって、アヘンについては不問に付《ふ》す。有川とか申す者の処置はきちんとせよ」

家慶は、有川をあえて「薩摩藩士」と言わず、「薩摩者」と言った。つまり、藩の籍から抜いておけということである。

「申し訳ございません」

斉興は蚊の鳴くような声で、やっと返答をした。

「もう一度申すが、舟遊びはたいがいにせよ」

「しかと承りました」

「それと、これは、余の頼みじゃが」

家慶は温和な表情を取り戻した。

斉興は胸のうちに安堵のため息をつくと、家慶の言葉を待った。

それから、一ヵ月後、十月も終わろうとしたころである。

薩摩船が大量の薩摩芋を江戸に運んできた。薩摩藩は南北町奉行所に寄贈し、江戸の庶民にほどこすよう申し出た。

家慶の処置だった。

これで、薩摩藩はしばらくのあいだは抜け荷を慎《つつし》むだろう。さらに、新潟湊を公儀の直轄地にすれば、長岡藩は抜け荷に手を染められなくなり、廻船問屋もわが者顔で商いはできない。

南北町奉行所ではさっそく、庶民に薩摩芋が配られた。

庶民は、霊巌寺の薩摩芋と町奉行所の薩摩芋がどんなつながりがあるのか、知るよしもなかった。が、噂が噂を呼び、「世直し番」の仕業《しわざ》ではないか、と囃し立てられた。

晩秋から初冬を迎え、外記は自宅の縁側でぼんやりと庭の杉を眺めていた。かたわらに村山庵斎、足元にばつがいる。

美佐江の面影が浮かぶ。胸が重くなり、ため息をついてしまう。

「お頭、患《わずら》われたか」

庵斎が、心配げに外記の顔を覗き込んだ。

「いや」

外記は唇《くちびる》を噛《か》んだ。

「しかし、お顔が腫れぼったいですぞ。熱があるのでは」

庵斎は右手を外記の額《は》に伸ばしてきた。外記は、

「なんでもない」

振り払うように立ち上がると、

――まさか、恋患いでもあるまい。いい歳をして。

ばつを抱き上げた。

「ならば、よいのですが」

庵斎は懐紙と筆を持った。

燕《つばめ》の群れが、厚い雲におおわれた空を渡っていく。

「またこいと燕に託す薩摩船」

第四話　強請《ゆす》り同心

一

十一月のある昼下がり、菅沼外記はばつを連れ、江戸市中をそぞろ歩きしている。宗匠頭巾をかぶり、白髪のかつらとつけ髭という小間物問屋相州屋の隠居重吉の扮装だ。黒地木綿の小袖を着流し、茶の羽織を重ねていた。

一陣の木枯《こが》らしに身をすくませ、思わずばつを抱き上げた。

懐炉《かいろ》代わりとなって暖かい。

神田三河町《かんだみかわちょう》の往来である。水野越前守忠邦が推進する「天保の改革」により贅沢華美《ぜいたくかび》は厳禁され、たびたび禁令が触れ出されてきたが、この十月にはかつての「享保《きょうほう》の改革」「寛政《かんせい》の改革」の際に出された町触《まちぶ》れを集めてあらためて公布するという、念の入れようだ。

その内容は、贅沢な菓子、料理を食することを厳禁し、雛《ひな》人形、能装束《しょうぞく》に金銀を使用することを禁止、婦女子の衣服、簪、櫛、笄《こうがい》にも金銀をほどこすことを禁じた。しかも、統制は消費する側だけでなく、生産する職人、販売する商人にも及んだ。

外記はこうした改革が庶民の暮らしぶりに与える影響を見るべく、市中を歩いているのだ。とくに、小間物問屋の隠居をよそおっている以上、それらの店の実情は見ておかねばならない。そのため、小間物問屋の店先に立ち止まった。

三河町二丁目、駿河《するが》田中《たなか》藩主本多《ほんだ》豊前守正寛《ぶぜんのかみまさひろ》の上屋敷前である。「北村屋《きたむらや》」と紺地《こんじ》の暖簾《のれん》に白字で屋号が染め抜かれている。間口十間《じつけん》（約十八メートル）ほどの大店だ。

外記はばつを往来に下ろし、頭をなでた。ばつは店の前にある天水桶《てんすいおけ》の陰でうずくまった。木枯らしにはためく暖簾をくぐると、奢侈禁止令のあおりを受け、客はまばらである。

土間をへだてて三十坪ほどの畳敷きの売り場が広がり、櫛、簪、笄、化粧品などの小間物が棚に陳列されていた。ご禁制に定められた金銀をちりばめた品々は一切見受けられず、地味な細工の品ばかりが顔を揃《そろ》えている。

手代たちも、まばらな客を相手に商売をすることがまるで悪事でもあるかのように、遠慮がちな声で応対していた。帳場机に座っている番頭風の男も、冴《さ》えない顔で大福帳に視線を走らせている。

活気がない、などという言葉ですまされるものではなかった。こんな調子では、この店はやがて店じまいを余儀《よぎ》なくされるだろう。

いや、この店に限ったことではない。この十月から禁令は、江戸だけでなく、幕府直轄地《ちょっかつち》である天領《てんりょう》全域で徹底されているのだ。

「邪魔するぞ」

背後で粗野《そや》な声がしたと思うと、大柄な男が入ってきた。小銀杏に結った髷、縞格子《しまごうし》の小袖、黒地の羽織のすそ先を帯の下から挟み込む、いわゆる巻き羽織、一目で八丁堀の同心とわかった。

同心は床几にどっかと腰を下ろした。

「これは、旦那」

帳場机の男が立ち上がり、同心の前までやってきて、

「どうぞ、こちらへ」

と、帳場机の横に敷かれた座布団に案内した。

客たちは悪戯《いたずら》を見つけられた子どものように手に取った品々を手代に押しつけ、そそくさと店から出ていく。手代たちは、返された品々をうつむきながら棚にしまった。

外記は畳に腰を下ろし、手代の一人をつかまえると、

「簪を見せておくれ」

笑みを送った。

手代はぺこりと頭を下げ、陳列棚に向かった。

「だから、三蔵《さんぞう》、おまえでは話にならんと言っておるだろう」

同心の怒鳴り声が聞こえた。

外記は自然と目を向ける。三蔵、というのが番頭の名前なのだろう。三蔵は何度も頭を下げ、

「加納《かのう》さま、どうぞ、ご勘弁ください」

と、紙包みを差し出した。

「ふん、こんなもの」

加納は鼻で笑うと、紙包みを取り上げ袖に入れた。ついで、威厳を保つように野太い声で、

「よいか、今後は、お目こぼしはないものと思え。甚五郎《じんごろう》にもしかと伝えよ」

立ち上がり、肩をいからせ店から出ていった。

三蔵は、「やれやれ」と自分の肩を叩《たた》きながら帳場机に戻った。

「八丁堀の同心が、たかりかね」

外記は簪を持って戻ってきた手代に聞いた。

「ええ、いえ、その」

手代は口ごもるばかりで返事を返さず、簪の説明をしきりとおこなう。

「三蔵」

帳場格子の背後にもうけられた戸が開き、中年の男があらわれた。番頭を呼び捨てにしているところをみると、この店の主人であろう。

「帰ったかい」

三蔵は右手の人差し指を立て、

「これで、勘弁願いました」

苦笑した。紙包みの中身は金一両ということか。

「まったく、ただでさえ商いは細っているというのにね。それで、なんか言っていたのかい」

「今後は、お目こぼしはしないと、甚五郎に伝えよ、などと申されておりました」

「いい金づるにでもしようというのだろうよ」

甚五郎というのが主人の名前のようだ。

「前から、たかりの噂の絶えない旦那ですが、ご改革に便乗して度合いが激しくなったと、もっぱらの評判です」

「いっそのこと、お奉行所に訴えるか」

「いや、そんなことをすれば、加納の旦那のこと、なにをするか。きっと、あることないこと言い立てて、旦那さまのことを罪人に仕立てます」

三蔵は言うと、外記の姿に気づき、口を閉ざして軽く会釈《えしゃく》を送ってきた。外記は簪に目を落とし、聞いていない様子をよそおう。

「定吉《さだきち》、塩を撒《ま》きなさい」

甚五郎は土間を掃除していた丁稚《でっち》に言いつけ、店の奥に引っ込んだ。定吉は箒《ほうき》を土間に置き、台所へ向かった。

「これと、これを」

外記は紅色の玉簪を二本取り上げた。お勢と美佐江の顔が浮かぶ。

手代は満面の笑みで、

「ありがとうございます」

と、三蔵を振り返った。三蔵は紺の前かけで手をふきながら、外記に向かって歩いてきた。外記は一朱金を手代に渡した。

「商いは大変ですな」

外記は三蔵を見た。

「はい。大きな声では申せませんが、このご時世でございますので。手前どもの商いは、お上からは目の敵《かたき》でございます」

三蔵はせまい額にしわを刻んだ。

「目の敵どころか、たかりの的《まと》にもなっておるようですな」

暗に加納のことを持ち出した。三蔵のしわは深くなったが、加納のことは口にせず、

「これからもごひいきに」

笑みを残し、帳場机に戻った。

外記は品物を受け取り、表に出た。定吉が塩を撒いていた。

「ばつ」

ばつは外記の足元に走り寄ってきた。

すると、

「しっかりしろ、もうすぐだぞ」

若い男が老人をおぶってきた。格好から八丁堀同心のようだ。

と、痩せぎすで優男然としながら浅黒く日焼けした面差しに見覚えがある。

記憶の糸を手繰《たぐ》ると同心におぶわれる老人に美佐江が重なった。

そうだ、血の道の病で苦しむ美佐江をおぶってくれた若い同心、確か南町奉行所の見習い同心で牛尾健吉といった。

老人はしきりと、「申し訳ねえです」と詫《わ》びている。牛尾は老人をはげまし、息を乱しながら走り去った。医者に向かうのだろう。

「牛尾さまはえらいなあ」

定吉は塩を撒いていた手を止めた。

「牛尾さまというのかね」

わかっていたが、外記は定吉に声をかけた。

「牛尾健吉さまです」

定吉は牛尾が見習い同心の身であること、日ごろから困っている庶民の味方になってくれること、背中におぶっていたのは一人住まいの大工の隠居だったことを話した。

――同じ八丁堀同心でも、加納なにがしとは天と地じゃな。だが、こんな若者がいるとは、世の中捨てたものではない。

老人をおぶって急ぐ牛尾の後ろ姿を見ながら、外記は心洗われる思いになった。

翌日の明け六つ（午前六時）、定吉は北村屋の雨戸を開けた。

薄暗い往来から、寒風が吹き込んできた。思わず身をすくめると、手に熱い息を吹きかける。ついで、箒を手に、往来に飛び出した。

本多豊前守の藩邸の築地塀《ついじべい》が、薄ぼんやりと威厳のあるたたずまいを見せている。藩邸から覗く銀杏の木が、黄色い葉を降らせていた。

定吉は天水桶に視線を向けた。

「あれ」

思わず声が出た。

侍《さむらい》が往来に足を投げ出し、天水桶に背中をもたせかけ眠り込んでいる。

——酔っ払いか。

一瞬そう思ったがすぐに、

「ひ、ひ、人殺し！」

定吉は箒を投げ出した。

二

四半刻（約三十分）が過ぎ、南町奉行所臨時廻り同心向田与次郎《むこうだよじろう》と見習い同心牛尾健吉がやってきた。

北村屋はいったん開いた雨戸を閉じた。町奉行所の小者、南茅場町《みなみかやばちょう》の大番屋《おおばんや》から番太が駆けつけ、往来を遮断《しゃだん》して北村屋の前に野次馬が入ってこられないようにしている。

それでも、騒ぎを聞きつけた野次馬は、遠巻きに眺《なが》めていた。

「ほとけは南町奉行所定町廻り同心加納伸介《しんすけ》、刀による斬殺《ざんさつ》です」

牛尾はかがみ込んで遺体を検《あらた》めた。刀傷が首や胴体に何ヵ所か見受けられる。

「心の臓あたりの刺し傷、これが致命傷か」

向田も遺体を覗き込んだ。

本来なら取り調べるはずの側の定町廻り同心本人が殺されたとあって、臨時廻りの向田が駆けつけた。臨時廻りは定町廻りの補佐的な役割を担う。定町廻りを経験した練達《れんたつ》の者がついた。

「血は加納の亡骸《なきがら》のまわりに残っている。亡骸を引きずった跡はない。殺しの現場はここと考えていいな」

向田は手早く亡骸の状況を確認した。

「向田さま、このようなものが」

牛尾は遺体の懐から書付を取り出した。

「うむ」

向田は血に染まった書付に視線を走らせた。牛尾もおずおずと覗き見る。

「この者、不当に庶民を苦しめる悪徳同心なり。よって、成敗する。世直し番、か。う〜ん」

向田は声を出して読み上げると、書付を牛尾に渡した。牛尾はていねいに折りたたみ、懐にしまった。

「検視だ。南茅場町の大番屋に運べ。それと、聞き込みだ。昨日の晩、このあたりで加納を見た者、怪しげなやつを見た者、徹底的に聞き込んでこい」

向田は小者に命じた。

「ちょっと待て」

小者が加納の亡骸を運ぼうと大八車に乗せようとしたところで、向田は思いついたように加納の懐を探り、財布を取り出した。中身を覗くと、向田の目に光が宿った。ついで、

「話を聞くか」

向田にうながされ、牛尾は北村屋の雨戸を叩いた。

すぐに戸が開き、定吉が出迎えた。主人の甚五郎、番頭の三蔵が帳場机の横に座っている。

「とんだことだな」

向田は用意された座布団に座った。横に牛尾も座る。

甚五郎は着物の袖を直したり、手拭いで顔をぬぐったり、と落ち着かない様子である。

三蔵は定吉に茶を淹れるよう言いつけた。

「昨晩は何刻に店を閉めた」

向田は聞いた。

「五つ（午後八時）でございます」

三蔵が答えた。

「加納がこの店の前で殺されたことについて、なにか心当たりがあるか」

向田は甚五郎を見た。

甚五郎は、言葉を探すように視線を泳がせたが、

「とんと、思い当たることはございません」

三蔵が主人をかばうように身を乗り出した。

「そうか。では、たまたま、この店の前で殺されたと言うのだな」

向田は、理解を示すようにいったんはうなずいたが、

「じつはな」

牛尾に顔を向けた。牛尾は書付を取り出し、向田に渡した。

「こんなものが加納の懐に差し込んであった」

向田から血染めの書付を見せられ、甚五郎は眉《まゆ》をひそめながら視線を走らせた。三蔵は声を出して読み上げ、

「これが？」

向田と牛尾を交互に見た。

「これは南町の恥になることだが、加納という男、なにかと噂の絶えぬ男であった」

向田の眉間にしわが寄ったとき、定吉が茶を持ってきた。向田は一口すすってから、

「奢侈禁止令に便乗して、目こぼしをしてやる代わりに袖の下を要求したり、町廻りの途中に酒を飲んだり、まあ、南町の面汚《つらよご》しであった。もしや、この店も加納にたかられていたのではないか」

甚五郎に視線をすえた。甚五郎は、向田の視線を避けるように、茶碗に右手を伸ばした。

「旦那さま、この際です」

三蔵は甚五郎に了解を求めた。

甚五郎は無言でうなずくと、気を落ち着かせるように茶を一口含んだ。向田は口元をゆるめ、三蔵を見た。

「じつは、加納さまには正直、困っておりました」

三蔵は加納のたかりを語った。

「ほんの些細《ささい》なことでございます。出入りの飾り職人から買い上げた簪の一本に、銀の装飾がほどこされていたのです。わたくしは、あわてて土蔵の中に入れようとしました。店では絶対扱わないようにするためです」

「それを加納に見とがめられたのだな」

向田が言うと、

「加納さまは、何度もやってこられて、奉行所に主人を連れていくぞと脅《おど》されたのでございます」

三蔵は声をふるわせた。甚五郎もくやしげに唇を噛みしめた。

「ひどい、十手をあずかる者のやるべきことではない」

牛尾は怒りで顔を赤くした。向田は気を取り直すように、

「昨日もやってきたのだな」

と、聞くと、甚五郎も三蔵もうなずいた。

「これは、おまえたちが渡したものか」

向田は加納の財布から紙包みを取り出した。

三蔵は、「はい」と蚊の鳴くような声で答えた。

「金一両か」

向田は紙包みを広げ、黄金色に輝く小判をしばらく眺めた。甚五郎は、向田の沈黙にあわてた様子で、

「ですが、加納さまを殺めるなど……」

三蔵と顔を見合わせた。

「なにをあわてておるのじゃ」

向田はうすく笑うと、

「それにしても、たかりも、たかったりじゃな」

財布を逆さにした。

牛尾が目を剝《む》いた。小判や銭が畳に落ちた。

「十両と二分《ぶ》二朱《しゅ》とあとは……」

牛尾は畳に散乱した銭も数えようとしゃがみこんだが、「よい」と向田に止められた。

「二分二朱と銭は加納の持ちものとして、金十両であるが、甚五郎、心当たりないか」

向田は小判を揃え、畳の上に置いた。

「いえ、まったく」

甚五郎はうつむいた。

「しかと、相違ないか！」

向田は十手で畳を叩いた。甚五郎はびくんと身体をのけ反らせ、

「心当たりございません」

と、声をうわずらせた。

「すると、加納に脅し取られたのは、この一両だけと申すのだな」

「そのとおりでございます。加納さまは、昨日を含め三度まいられました。はじめの二度は一朱ずつ、昨日は一両お渡ししたのでございます」

主人に代わって三蔵が答えた。向田は三蔵に視線を向けた。

「そうか」

向田はそっけなく返した。

「まことに失礼ながら、いくら商いが細っておるとは申せ、手前どもには、まだまだお得意さまがございます」

三蔵は、出入りの大名や旗本《はたもと》屋敷、大店の名を挙げ、

「こう申してはなんですが、一両や二両、かりに十両であっても、町方《まちかた》の同心さまを殺めるなどという大それたこと、いたすはずはございません」

と、静かに言った。向田は、

「わかっておる。わしとて、おまえたちを疑っておるわけではない。第一、よりによって自分の店先で殺しなど犯《おか》すはずはない。では聞くが、加納がたかっておった者で、心当たりがないか」

茶を飲み干した。甚五郎も三蔵も首をひねった。

「ま、それは、当方で調べよう。邪魔したな」

向田と牛尾は店を出た。

「書付にございますように、世直し番の仕業《しわざ》では」

牛尾は書付を見ながら言った。

「かもしれん、そうでないかもしれん。いまは、結論は出せん。加納のやつは悪徳同心とは申せ、れっきとした南町奉行所の同心だ。必ずや下手人《げしゆにん》を挙げねばな」

向田が言うと、牛尾も気を引き締めるように唇を固く結んだ。

三

向田と牛尾が去ってからしばらくして、北村屋の雨戸を叩く音がした。

「はあ〜い、ただいま」

定吉が戸を開けた。

「ごめんよ」

小太りの男が身体を入れてきた。黒地の羽織に縞模様の小袖を尻《しり》はしょりし、股引をはいている。

「あの、今日は、昼からでございます」

三蔵がやってきて、笑みを浮かべた。

「いや、おいら、客じゃねえんだ」

男は三蔵に向かって羽織をまくり、

「こっちの御用で旦那に会いてえ」

と、角帯《かくおび》に差した十手を見せた。岡っ引である。

「多町《たちょう》の亀吉《かめきち》だ。よろしく頼むぜ」

亀吉はニヤリとした。

三蔵は、加納さまの一件なら向田さまと牛尾さまに申し上げた、と愛想よく言ったが、

「加納さまの一件には違いねえんだが、どっちかというと北村屋さんにとってでえじな話なんだがな。その、昨晩、加納さまを見ちまったんだよ、この店に入っていくのをな」

亀吉は思わせぶりな笑顔をつくった。三蔵は、

「しばらくお待ちください」

と、奥に引っ込み、やがて、

「どうぞこちらへ」

亀吉をともない、奥の座敷に入った。

「へへへっ、すいませんねえ、お取り込み中のところを」

亀吉は火鉢《ひばち》の前に胡坐《あぐら》をかいた。前に、甚五郎と三蔵が正座した。

「加納さまの件ということですが」

甚五郎はおずおずと切り出した。

「そうだ。旦那もお忙しい身体だろうから用件だけを言うが、おいら、昨日の晩、加納の旦那がこちらの店に入っていかれるのを見たんだ。裏口からね」

亀吉は帯から煙草入れを取り出した。

「何刻のことでございますか」

三蔵が聞いた。

「店が閉まってからだから、五つ半（午後九時）ごろだったかな」

亀吉は煙管に火をつけ、うまそうに一服喫した。

「それが、どうかしたので？」

甚五郎は火箸《ひばし》で灰をかき回した。亀吉は顔をどす黒くにごらせ、

「どうかした、だと、おう！　なめるんじゃねえぜ」

煙管を火鉢の縁《へり》に叩きつけた。

甚五郎は火箸を止め、三蔵は、「まあまあ」と亀吉をなだめてから、

「親分さん、手前どもも今朝からお役人さまのお取り調べを受け、主ともども気が動転しておりーます。どうか、もう少し、わかりやすいようにお話しいただけませんか」

と、愛想笑いを送った。亀吉は首をぐるぐる回しながら、

「そうか、なら言ってやるが、加納さまは昨日の晩、ここへ来てから、殺されなすった。ここへは、なにをしにきなすったんだい」

威嚇《いかく》するような素振りを示した。

「それは、その、ご禁制の品物についてくれぐれも扱うことのないようにと、ご親切に教えてくださったのでございます」

「夜中にかい、ええ、番頭さんよ」

亀吉は十手を取り出し、甚五郎の鼻先に近づけた。甚五郎は首をすくめた。

「はい。そのとおりで」

三蔵が答えると、

「とぼけるな！」

亀吉は十手で三蔵の右手を打った。三蔵は顔をゆがませる。

「とぼけっこなしだ。おいら、加納の旦那とは長え付き合いだ。旦那がこの店でなにをしていたか、聞いてるんだぜ。昨日の夕方、おいら、加納の旦那と会ったんだ。旦那はな、北村屋へ行ってまとまった金、ふんだくってくるって自慢してたよ」

亀吉は十手を帯にはさんだ。

「申し訳ございません。たしかに、加納さまは店にお出《い》でになりました」

甚五郎が頭を下げた。

「最初から素直に認めりゃいいんだ。で、これ以上たかられては大変と、始末したんだな」

亀吉は甚五郎を睨みすえた。とたんに、甚五郎は、

「めっそうもございません」

と、顔を上げ、三蔵も激しくうなずいた。

「まだとぼける気かい」

亀吉は低いが、どすの利いた声を出した。

「いえ、親分さん。わたくしも三蔵も、加納さまを殺めるなどと、そんな大それたこと、いたすはずがございません」

甚五郎は額に脂汗《あぶらあせ》をにじませた。

「言っとくがな、おいら、あんたをお縄《なわ》にしようってんじゃねえ。そんなことしても、一文の得にもならねえからな」

亀吉は落ち着いた表情を三蔵に向けた。

「親分さん、本当に加納さまを殺めてなど……」

三蔵の話をさえぎり、

「わからねえ人たちだな。いいかい、加納の旦那はこの店をご禁制の品物を扱っていた科《とが》で強請《ゆす》っていた。それは、本当のことだ。それが証拠に、店から旦那に金が渡っている。昼間の一両だけでなく、晩には十両もな。しかも、昨晩、旦那は十両を受け取った直後に店の前で殺されたんだ。こんだけのことが揃っていれば、番屋へ引っ張っていくには十分だ。そうなりゃ、ご禁制の品物を扱っていたこともあって、たとえ加納の旦那殺しはまぬかれても、この店、ただじゃすまねえぜ」

亀吉はまくし立てると、おかしそうに肩をそびやかした。

甚五郎と三蔵は口をつぐんだ。

「いまのところ、加納の旦那が昨晩この店を訪ね、十両強請り取ったことを知っているのはおいらだけだ。おいら、さっきも言ったとおり、あんたがたをお縄にするつもりはねえ」

亀吉は満面に笑みをたたえた。

「親分さんのお気持ちはよくわかりました。で、いかほど差し上げれば」

三蔵は甚五郎を見ながら聞いた。甚五郎は真っ青な唇をふるわせている。

「そうさな、ま、さしずめ百両といこうか。なにせ、加納の旦那の香典《こうでん》代もあるからな」

亀吉は頬を掻《か》いた。

「百両……」

三蔵は絶句した。甚五郎は顔を伏せた。

しかも、「さしずめ」と亀吉は言った。これをきっかけにたかってくるつもりだろう。

加納よりも性質《たち》が悪い。

「安いもんだぜ。お店が懸《か》かっているんだからな」

亀吉はほくそ笑む。

「わかりました。ご用意します。ただし、本日は無理でございます。明日の朝、店を開ける前にお越しください」

甚五郎はふるえる唇で返事した。

「さすが、北村屋の旦那だ。話がわかるぜ」

亀吉はにこやかな顔で立ち上がると、口笛を吹きながら座敷を出ていった。

甚五郎と三蔵は呆然《ぼうぜん》とした顔で見送った。障子を揺らす木枯らしが、むなしく二人の胸を吹き抜けた。

四

翌朝五つ（午前八時）、神田多町の往来に人だかりがあった。

「今度は、亀吉か」

向田は、誰に言うでもなくつぶやいた。牛尾が唇を嚙みしめ、亀吉の亡骸に屈《かが》み込《こ》んでいる。

「またも、刀での斬殺ですね。見ただけで、胸や腹に数ヵ所の切り傷、刺し傷があります。致命傷は、この」

牛尾は顔を上げ、亡骸の喉仏《のどぼとけ》を指差した。赤黒い血痕《けっこん》がにじみ、パックリと傷口が開いている。

大勢の野次馬が騒ぎだした。それを、小者や番太が整理している。野次馬から、

「ざまあみろ」

「天罰《てんばつ》がくだったのよ」

という罵声《ばせい》が浴びせられる。

「殺されたのは何時だろうな」

向田は、野次馬を無視して亀吉の顔を覗き込んだ。

「よくはわかりませんが、死んで五刻（約十時間）はたっておるかと」

牛尾は遺体の硬直具合から答えた。向田はうなずき、

「すると、四つ（午後十時）ごろか。加納殺しとの関連はあるか」

あごをさすった。

「どうやら、ありそうです」

牛尾は亡骸の懐から書付を取り出した。

「またも、世直し番か」

向田は書付を一瞥した。牛尾は声に出して読み上げた。

「この者、悪徳同心加納伸介の手先となり、悪行三昧《ざんまい》をくり返した。よって成敗する。世直し番」

耳ざとい野次馬がどよめいた。

「いいぞ、世直し番」

「庶民の味方だ」

「ざまあみさらせ、亀コウ」

往来は野次馬の世直し番への賞賛の声と、亀吉への罵詈雑言《ばりぞうごん》で満ち満ちた。

「いやはや、亀吉の評判たるや」

牛尾は苦笑した。向田も顔をしかめた。

「向田さま、亀吉殺し、加納さまを殺した下手人と同じと考えてよろしいでしょうね」

「そうだな」

「すると、世直し番、ということに」

「断言はできんが。ともかく、聞き込みを徹底せよ」

「わかりました」

牛尾は力強い言葉を返した。

その日の夕刻、幇間の一八が橋場にある外記の家を訪ねた。

冬の短い陽はまさに暮れようとし、鏡ヶ池は墨を流したように黒ずんでいる。寒風を避けるように、雨戸は閉められ、ばつは縁の下で寝そべっていた。

行灯のあかりが、外記の艶《つや》のある顔に揺れている。

「お頭、大変な評判でげすよ」

一八は瓦版《かわらばん》を差し出した。外記は無言で受け取ると、行灯にかざした。一八は外記が瓦版を読む横で、

「世直し番を騙るとは許せませんねえ」

とわめき立てたが、次には、

「でもまあ、世の中じゃ、世直し番よくやったって、ほめ言葉で満ちていますから、許してやってもいいんですがね」

肩を揺すって笑った。

外記は瓦版を畳に置き、

「許すことはできんな」

不機嫌に顔をゆがめた。一八は気圧《けお》されたように笑いを引っ込めた。

「いいか、世直し番をはじめたときの約定《やくじょう》、忘れたか」

外記の語調の激しさに、

「忘れておりません」

一八は居ずまいを正し、

「むやみに人を殺めず、傷つけず」

ぺこりと頭を下げた。

外記は表情をゆるめた。

「そのとおりじゃ。いくら、庶民の敵とはいえ、蛇蝎《だかつ》のごとく嫌われているとはいえ、命を奪うことは、われらの信義に反するおこないぞ」

「では、何者の仕業か、突き止めねばなりませんね」

「そうじゃ。なんとしてもな」

外記は瓦版を破った。

「突き止めた後はいかがします？」

一八は破れた瓦版を着物のたもとに入れた。ついで、

「世直し番の名を騙ることは許せませんが、殺された二人は瓦版に書き立てられているように、十手持ちをいいことに、たかり、強請りを重ねてきた、いわば、庶民の敵でげすよ。そんな、殺されて当然の二人を成敗した連中を懲《こ》らしめる必要がありますかね」

と、首をひねった。

外記は大きくため息をついてから、

「おまえの言うことはわかる。庶民も快哉《かいさい》を叫んでおる。正体不明の連中のおかげで世直し番の評判も大いに上がったようだ。ところが、じゃ」

言葉を区切り、顔を曇らせた。一八も口を閉ざす。

「世直し番を騙る連中、殺しをこれでしまいとすると思うか」

「すると、これからも殺しを重ねる、と」

「おそらくな」

「標的は、加納や亀吉のような悪党ですか」

「はっきりとはわからんが、これですませるつもりはないだろう」

「なぜ、お頭はそのようにお考えなので」

一八は考えをめぐらすように、視線を泳がせた。

「そんな気がする」

「勘働きですか」

「うむ。ではな、こう考えてはどうじゃ。連中はなにゆえ、二人を殺した？」

外記は火鉢を引き寄せた。

「それは、庶民を苦しめる悪党を懲らしめるためじゃありませんかね」

一八は戸惑いの表情を浮かべた。

「それだけかな」

「…………」

一八は、扇子《せんす》を開いたり閉じたりした。

「なんらかの利益を求めないのか。二人を殺すことで得られる利益じゃ」

「利益……。利益ではなくて恨《うら》みとしたら」

一八は扇子を閉じて、膝《ひざ》を打った。外記はしばらく考えていたが、

「それはありえるな」

つぶやいた。それから、

「恨みとしたら、世直し番を騙ったのは、単に隠《かく》れ蓑《みの》にしたいからであろうし、殺しもこれ以上つづけることはない」

と言ったが思い直したように、

「いや、恨みの相手が二人だけでないとしたら」

目を光らせた。一八は唾《つば》を飲み込んだ。

「ともかく、この同心と岡っ引殺し、探れ」

外記は火箸を灰に突き立てた。一八は幇間とはほど遠い、陰気な表情を浮かべた。

五

その翌日、牛尾は北村屋を訪ねた。

聞き込みにより、亀吉は加納の遺体が発見された日に北村屋を訪れたことがわかった。亀吉は神田多町で女房に髪結《かみゆ》い床《どこ》をやらせていた。普段はその上がりで生計を立て、加納の手下として十手をあずかっている。

亀吉の下《した》っ引《ぴき》や女房に対する聞き込みで、昨日の足取りはつかめた。

亀吉は加納殺しの現場に来て、奉行所の小者たちと野次馬の整理にあたった。加納の遺体が南茅場町の大番屋に運ばれてから、亀吉は聞き込みをすると言ったが、向田と牛尾が北村屋から出てくると、入れ替わるように入っていったという。

昨日の昼にいったん家に戻ったときには、いつになく機嫌がよかったという。下っ引や女房に小遣いを与え、髪を結い、「ちょっと出かける」と家を出たきりとなった。

その後の足取りは、目こぼしをしてやっている神田多町の料理茶屋に向かった。いわゆる岡場所《おかばしよ》である。亀吉は、明日金を払うからと、派手に遊んだ。殺されたのは、料理茶屋から家に帰る途中だったのだ。

料理茶屋を出たのが夜四つ（午後十時）近くである。死後硬直の様子とも合致した。

女房や下っ引への小遣い、岡場所での豪遊、明日には金を届けるという言動、こっそりと北村屋を訪ねたこと、亀吉の行動の鍵は北村屋にあると考えていいだろう。

「いらっしゃいませ」

牛尾が暖簾をくぐると、昨日とは打って変わった明るい声が聞かれた。

すぐに三蔵が牛尾に気づき、

「これは、牛尾さま、どうぞ」

と、帳場机を立った。

「邪魔をする」

牛尾は昨日と同じ帳場机の横の座布団に座った。すぐに茶が運ばれてきた。

「あいにくと、甚五郎はお得意先にうかがっております」

三蔵は笑みをたたえた。

「岡っ引、多町の亀吉が殺されたことは知っているだろう」

牛尾は前置きもなく切り込んだ。

「存じております」

三蔵は表情を消した。

「昨日、われらが訪ねた後、亀吉がこの店に来たのを見かけた者がおる。亀吉はなにをしにまいったのだ」

牛尾は茶には手をつけずに聞いた。

「聞き込みでございます」

「聞き込み？」

「はい」

二人はしばらく口を閉ざしていたが、

「強請りに来たのではないか」

牛尾は言うと、昨日の亀吉の足取りと言動を話した。

「わたしは亀吉がこの店を強請り、相応の金銀を得ることの確約をとりつけたのだと思う。相違あるまい」

牛尾は声を荒らげることもなく、淡々と重ねた。三蔵はしばらく畳の縁を眺めていたが、

「相違ございません」

頭を下げ、

「しかし、断じて亀吉親分を殺めてなどおりません」

訴えた。牛尾は無言で三蔵を眺めつづけた。

三蔵は、自分と甚五郎は、浅草並木町《なみきちょう》の料理屋で開かれた小間物屋の会合に出席していたと話した。牛尾は料理屋の名前と出席者を書きとめた。

「亀吉の強請りはどのようなものであったのだ」

牛尾の表情には、心なしか同情の念が浮かんでいる。三蔵は、昨日の亀吉来訪の様子について、唇を噛みしめながら話し、

「挙げ句、金百両を要求されたのでございます。しかも、さしずめなどと、北村屋を骨の髄《ずい》までしゃぶり尽くすかのようでございました」

目に涙をにじませた。

「そうであったか。手下とはいえ、十手をあずかる者がしでかした不始末。このとおり」

牛尾はていねいに頭を下げると、席を立った。

聞き込みの結果、不審人物は浮かび上がらず、加納殺し、亀吉殺しの下手人は世直し番ということで落ち着いた。世直し番の行方《ゆくえ》を探ることが、牛尾たち同心に課せられた。

それから、三日後――。

またしても南町奉行所の同心が殺された。しかも二人だ。

二人とも定町廻り同心で酒田仙蔵《さかたせんぞう》と神山銀一郎《こうやまぎんいちろう》だった。酒田は柳原土手《やなぎわらどて》の下にある柳《やなぎ》

森稲荷《もりいなり》の境内で発見され、神山は八丁堀の組屋敷《くみやしき》近くで発見された。今回も不審者の目撃情報は一切なかった。

二人の遺体からも、世直し番の書付が発見された。

いわく、「この者、悪行三昧につき、成敗する。世直し番」と記されていた。

瓦版はやかましく書き立てたが、調子は加納、亀吉殺しのときとは異なっていた。今回も世直し番の快挙と書き立ててはいたが、たび重なる凶行《きょうこう》により、世直し番への恐怖心が含まれていた。

水野忠邦は江戸城中奥の老中御用部屋に南町奉行矢部定謙を呼んだ。

「呼ばれた理由はわかっておろうな」

水野は切れ長の目に冷たい輝きを浮かべた。

「近ごろ、江戸市中を騒がす同心殺しの一件と存じます」

矢部は頭を下げた。

「うむ、どうなっておる」

「目下、下手人を探索中でございます」

「下手人は世直し番とか申す、不逞《ふてい》の輩《やから》ではないか。世直し番を捕縛すればよいであろう」

水野は鼻で笑った。

「世直し番と決めつけるのはいかがなものかと」

矢部は咳《せき》払いをした。

「ほう、世直し番ではないと申すか」

「はい」

「なにゆえじゃ」

「これまでの世直し番のやり口と異なります。やつらは殺しを目的にはしてこなかったのです。その世直し番が、四人もの人間を殺めております」

矢部はあごをさすった。水野はニヤリとし、

「世直し番が残した書付によると殺された者、いずれも庶民どもの敵というにふさわしい悪事を重ねておったとか。奢侈禁止令に便乗し、商人どもにたかっておったというではないか」

と、矢部を睨みつけた。矢部は口を閉ざした。

「十手を扱う者どもにあってはならないことだな」

水野は、悪徳同心の悪行の責任を追及するかのような物言いをした。

「まあよい。ともかく、下手人を挙げよ」

水野は厳しい声を発した。

矢部は頭《こうべ》を垂れ、退出した。

入れ替わりに、目付鳥居耀蔵が入ってきた。鳥居はざんぎりとなった頭を光らせた。鳥居のざんぎり頭には、外記がかかわっている。

外記と配下の者たちは、贅沢華美を厳しく取り締まり庶民を苦しめる鳥居に、灸をすえようとした。この年の五月、愛妾《あいしょう》宅に逗留していた鳥居の髷を切り取り、似顔絵を描いて両国橋のたもとに晒《さら》したのだ。

以来、ざんぎり頭を晒し、公務をつづけている。

「江戸市中、世直し番の凶行により、庶民どもはおろか、町奉行所の役人どもまでが怖《お》じ気《け》づいておるようにございます」

鳥居は突き出たおでこを水野に向けた。

「だらしのないことじゃ」

水野は舌打ちした。

鳥居は、夜廻り中に起きた同心殺しにより、奉行所の同心ばかりか火の廻りの連中も怖じ気づいて、夜廻りを怠るようになっているという。

「まったく、矢部どのの手ぬるさが招いておるのではございませんか。あのお方、民のあいだでは、なかなか評判がよいようですが」

鳥居も舌打ちしてみせた。ついで水野が、

「ほう」

興味を示したことを見定めると、

「奢侈禁止のお取り締まりなど、南が月番のときには目こぼしがあるとか申して、ご禁制の贅沢品を売ったり買ったりする要領のいい町人どもがはびこっておるようでございます」

嘆《なげ》くように顔をしかめた。

水野は顔を曇らせ、

「町奉行の重責に耐えられんかもしれんな」

鳥居は無言で両手をつき、胸の中で快哉を叫んだ。

六

その晩、外記の家に村山庵斎と真中正助がやってきた。世直し番を騙る連中による殺しの探索をおこなってきたのだ。

居間の火鉢を囲み、庵斎が口を開いた。

「矢部さまに会ってまいりました」

庵斎は矢部とは俳諧を通じて交流がある。

外記はうなずいた。

「さすがは矢部さまでございます。一連の殺し、世直し番とは考えておられません」

庵斎は矢部の考えを述べた。

「ただ、町奉行所も下手人の正体を必死で探っているのですが、行方は杳《よう》としてつかめないとのことで、苦闘しておられましたな」

「そうじゃろうな」

外記は火鉢に視線を落とした。

「お頭、ひょっとして、水野や鳥居のたくらみでは」

真中の疑念を、

「まさか、なんのために？」

庵斎は一笑に付《ふ》した。

「わたしとて、まさかとは思いますが、世直し番をおとしいれるために、やつらなら……」

真中は外記を見た。

「それはないだろう。いくら狡猾《こうかつ》な水野や鳥居でも、町奉行所の役人を殺めるなどするはずがない」

外記は即座に否定した。真中は、「う～ん」とうなる。

「役人どもまですっかり怖じ気づいて、夜廻りにも及び腰で」

庵斎は、火の廻り連中もすっかり怖じ気づいている現状を語った。

「由々《ゆゆ》しき事態ですね。盗賊《とうぞく》でも出没しようものなら大変だ」

真中は言った。

「ところが、その中にあって、牛尾健吉という見習い同心が熱心に夜廻りをおこなっておるとのこと」

庵斎は牛尾のことを話した。

牛尾は、怖じ気づく同僚をよそに夜中、盗賊が横行しないか見回っているという。外記の脳裏に美佐江や老人をおぶった牛尾の姿が浮かんだ。

「近ごろ珍しい熱心な若者じゃ。ちと、心配だな」

外記はしばらく火箸で灰をかき回していたが、

「真中、牛尾の夜廻りの道順を調べよ」

「わかりました」

「足どりがつかめ次第、わしも行く」

「お頭、ここはわたくしにお任せください。義助と一八を誘って行ってまいります」

真中は言ってから庵斎を見た。

「そうです。ここは、真中らに」

庵斎も外記をなだめたが、

「いや、あの若者の働きぶり、ちと、覗き見たい気がするのじゃ」

ニンマリとした。

庵斎と真中は顔を見合わせ、苦笑した。


二日後の十一月十五日、外記と真中は日本橋室町《にほんばしむろまち》にいた。五つ半（午後九時）を少しばかり過ぎている。

満月に照らされた町地《ちようち》は側面を漆喰《しつくい》仕上げにした塗屋造りの商家が軒をつらね、瓦がにぶく光っている。外記と真中は天水桶の陰にひそんだ。

まもなく、御用提灯を持った牛尾が歩いてきた。

牛尾は往来の真ん中を、ゆっくりと進んでくる。あたりを見回し、巡回しているようだ。

外記は真中に目配せすると一定の距離を保ち、牛尾のあとを追う。

牛尾は浮世小路《うきよこうじ》を入っていった。

両側には板塀がつづき、月明かりが往来に長い影を引かせている。犬の遠吠えが、寒月《かんげつ》の夜空に吸い込まれる。

——おや。

外記は闇の中に蠢くものを見た。

牛尾も気づいたとみえ、提灯を吹き消し往来に置いた。刀の柄《つか》に手をかけ、忍び足で進んでいく。

蠢くものは商家の板塀によじ登ると、土蔵に飛びついた。黒装束《しょうぞく》に身を包んだ集団、盗賊にちがいない。

牛尾は裏木戸から商家に入った。米問屋砧屋《きぬたや》である。

しばらくして、砧屋から鋭い笛の音がした。牛尾が呼子《よぶこ》を吹いているのだろう。砧屋から物音と人の声、悲鳴があがった。

外記と真中は、砧屋の裏木戸に駆け寄った。

刹那、盗賊が三人走り出してきた。

真中は飛び出し、盗賊に向かった。盗賊たちは真中の姿に驚いたように一瞬立ちすくんだが、すぐに体勢をととのえ短刀を向けてきた。真中は落ち着いた所作《しょさ》で刀を抜くと、次々と峰打《みねう》ちに仕留めた。

その間、外記は商家の裏木戸に入っていった。

商家の裏庭では、店の丁稚や手代が一人の盗賊を取り巻いていた。盗賊は地べたにうつ伏せに倒れていた。その前に牛尾が立っていた。

牛尾は刀を血に染め、呆然と立ち尽くしている。どうやら、盗賊を斬り捨てたようだ。

満月が牛尾の顔を蒼白く染め、血染めの刀を妖刀《ようとう》のように照らし出していた。

「御用だ！」

大番屋から捕方《とりかた》が駆けつけた。

外記は真中をうながし、その場から去った。

七

翌々日、外記は自宅で一八が持ってきた瓦版に目を通した。

日差しが障子越しに差し込んでくる。風がやみ、陽だまりができてぽかぽかと暖かい日《ひ》和《より》である。ばつは縁側で寝そべっていた。

「こいつらが、世直し番を騙っていたとは」

一八は目を剝《む》いた。

瓦版によると、盗賊一味は三途《さんず》の鬼吉《おにきち》という盗賊団だった。首領であった鬼吉は牛尾が斬殺した男で、その男の懐中から、

「世直し番の書付が見つかったのですよ」

一八は顔をしかめた。

「この者、庶民を苦しめる者なり。よって、成敗する。世直し番、か」

外記はひらひらと瓦版を振った。

そのころ、南町奉行所の御用部屋に牛尾は呼ばれた。

「牛尾、こたびの手柄、大儀《たいぎ》」

矢部はにこやかに声を放った。

「はは、もったいなきお言葉にございます」

牛尾は頰を紅潮させた。

「おまえの働き、見事なものであったぞ」

吟味方与力《ぎんみかたよりき》山並喜一郎《やまなみきいちろう》は牛尾に声をかけると、

「これにて、一連の殺し、落着しそうですな」

矢部に視線を向けた。

「盗賊ども、白状いたしたか」

矢部に問われ、

「まだでございますが、すぐでございましょう」

山並はこともなげに頭を下げた。

「あの者ども、世直し番の名を騙り、同心や岡っ引を殺害し、市中の警固が手薄になることをねらった。そうしておいて、目をつけた砧屋に押し入った。と、そういうことじゃな」

矢部は聞いた。山並は牛尾に視線を向けた。

「それに相違ないと、存じます」

牛尾は言った。

「一刻も早く、口書《くちがき》を取ります」

山並は矢部に頭を下げた。

翌朝、登城した矢部は水野に面談を求めた。

「世直し番、捕縛したそうじゃな」

水野は無表情に聞いた。

「捕縛した賊徒《ぞくと》は世直し番ではございません」

矢部も無表情に返した。

「おお、そうであったな。世直し番を騙る盗賊一味であったのじゃな」

「仰せのとおりにございます」

矢部は慇懃《いんぎん》に頭を下げた。

「ともかく、江戸市中を騒がせた殺しの一件は落着したのじゃ。庶民も安心して眠ることができよう。いや、庶民というよりは、町方の役人ども、と申したほうがよいか」

水野は口元を皮肉にゆがめた。

「同心どもの不正は、このとおり、お詫び申し上げます」

矢部は深々と頭を下げると、ゆっくりと面《おもて》を上げ、

「同心どもの不正は弁解の余地はございません。しかしながら、同心どもが商人どもからたかりをおこなう背景を考えねばなりません」

静かに言い添えた。

「なにが言いたい」

水野は眉をひそめた。

「奢侈禁止令でございます」

矢部は水野の顔を見た。

「奢侈禁止令がどうした」

「少々行きすぎ、と。あれでは、庶民をいたずらに苦しめるだけにございます。結果、加納や亀吉のごとき、十手にものを言わせ、悪行三昧の者どもがはびこるのでございます」

「そのほう、町奉行の重職にありながら、ご政道を批判するか」

「批判ではございません。拙者は民を慈《いつく》しむことの大事さを申し上げておるのでございます」

矢部は頬を紅潮させた。反対に、水野の顔色からは血の気がなくなっていく。

「黙れ!」

水野は真っ青な顔で肩をふるわせた。

矢部は口をつぐんだ。

「もうよい。退《さ》がれ」

水野は目を血走らせ、気を落ち着かせようと低い声を出した。

「失礼いたします」

矢部はていねいな物腰で退出した。

「鳥居を呼べ」

水野は、廊下で控える御用坊主に命じた。御用坊主は水野の不機嫌な口調に、急ぎ足で去っていった。

やがて、鳥居が入ってきた。

「お呼びでございますか」

鳥居はざんぎり頭を下げた。

「近《ちこ》う」

水野は自分の前を扇子で指し示した。鳥居は、緊張の面持ちで膝行《しっこう》する。

「矢部を罷免《ひめん》する」

水野は鳥居の目を覗き込んだ。鳥居の目に緊張が走った。

「ついては、おまえ、矢部を追い込むことができるよう処置いたせ」

「はは」

鳥居はしばらく平蜘蛛《ひらぐも》のように這いつくばったまま、動かなかった。

「あやつめ、せっかく、目をかけてやったというに、改革を逸脱《いつだつ》する考えを改めん。いまいましいやつじゃ」

水野は吐き捨てた。

鳥居はゆっくりと頭を上げた。目が輝きを放っている。

鳥居にとって政敵をおとしいれることほど、心浮き立つことはない。ましてや、今回は矢部である。

矢部をおとしいれれば——。

「矢部の後任はわかっておろうな」

水野は頰をゆるめた。

鳥居は対照的に口元を引き締めて、水野を仰ぎ見た。

「手柄を立てよ。矢部を追い込むのじゃ」

水野が命じると、

「かしこまりました」

鳥居は肚《はら》の底から言葉をしぼり出した。


一八が去ってから、外記は二つの玉簪を懐から取り出した。北村屋で買い求めたものだ。

——美佐江どのに。

外記は渡せずにいる。

「わしとしたことが、いつまでもうじうじと……」

つい、独り言を洩らすと、庵斎がやってきた。あわてて、簪を懐にしまった。

「冷えますすな」

居間に入るなり、庵斎は両手を火鉢にかざし、

「冬枯れの独りの居間に木枯らし吹く、と、う～ん、できの悪い句ですな」

俳諧をひねった。

外記は懐の簪がせつなく、重たく感じられた。

第五話　妖怪《ようかい》奉行誕生

一

天保十二年も師走《しわす》に入った昼下がり、菅沼外記はばつを連れ、鏡ヶ池のほとりを散歩し、自宅の縁側で日向《ひなた》ぼっこを楽しんだ。

——月日がたつのは早い。

師走に入れば毎年思うことであるが、今年はいっそうそう感ずる。

「くず〜い、くず〜い」

紙屑屋《かみくずや》の声がした。と、

「くず〜い、旦那、紙屑のご用はございませんか」

紙屑屋は木戸門から入ってきた。外記が視線を向けると、紙屑屋は頬かむりをしていた手拭いを取った。

「おお、村垣どの」

外記は、笑顔で村垣与三郎を縁側に導いた。村垣は鉄砲笊《てつぽうざる》を載せた御膳籠《ごぜんかご》を二つ、天秤棒で担ぎ、足早に外記の前にやってきた。

「さすがは、御庭番。なりきってますな」

外記は、粗末な薄汚れた着物と股引《ももひき》に身を包んだ村垣をしげしげと眺《なが》めた。

「いや、外記どのに誉められると、いささか照れ申す」

村垣は手拭いで顔を隠すようにぬぐった。

この時代、紙屑屋はなくてはならない職業である。紙は貴重品だった。使用された紙は紙屑屋が回収し、再生業者に売った。再生業者はすきかえして再生使用した。再生紙は浅《あさ》草紙《くさがみ》と呼ばれ、厠に置かれた。

ちなみに、「ひやかし」の語源は浅草紙製造に由来する。回収された紙やボロ布を煮て溶かし、それが冷えるあいだ吉原を見物した、というのだ。吉原に近い山谷《さんや》には再生業者が多かった。

「まあ、茶でも進ぜよう」

外記は村垣を導き、縁側から居間に入った。

「月日のたつのは早いもの。もう師走でございますよ」

村垣は竹の包みを取り出した。外記は茶を持ってきて、

「羊羹ですか、これはかたじけない」

相好《そうごう》を崩した。

「ところで」

外記は村垣を見た。

「本日、まいりましたのは、矢部さまのことでございます」

村垣の口から意外な名前が出たため、外記は羊羹に伸ばした手を止めた。

「矢部さまがいかがなされた」

「このところ、水野さまと衝突《しょうとつ》すること、たびたびだそうで。上さまもご心配なさっておられます」

「南の御奉行を追われると」

「水野さまはそうすべく動いておられます」

「すると、鳥居さまが矢部さまの追い落としを策謀《さくぼう》されておられるのかな」

「さよう」

ここで二人は、気分を落ち着かせようと羊羹を食べた。

「鳥居さまは、先月に起きた同心、岡っ引殺しの件で、矢部さまをことのほか責め立てておられます」

殺された同心加納伸介や岡っ引の亀吉は、奢侈禁止令に便乗して商人にたかっていた。十手をあずかる者としてあるまじき振る舞いであり、町奉行として監督不行き届きではないか、と責められているそうだ。

「一方、矢部さまは水野さまに対し、奢侈禁止令の行きすぎがこうした悪徳役人をはびこらせる原因だと、おっしゃられたとか」

「矢部さまらしい、はっきりとした物言いですな」

「それで、上さまもたいそうご心配されておられます」

村垣はこの言葉をくり返した。

「して、上さまはそれがしにどうせよと」

外記は静かに聞いた。村垣は困った顔をして、

「それが、ただ、外記どのに矢部さまの窮状《きゅうじょう》を知らせよ、と申されただけでございます」

手持ち無沙汰《ぶさた》をまぎらわすように、羊羹を頬張った。

家慶としても、どうしてよいかわからないのだろう。

水野は鳥居に命じて、矢部失脚のねたを探させている。矢部に落ち度がないとはいえ、改革の中心政策である奢侈禁止令を批判することは、幕政の中枢を担《にな》う町奉行としては許されることではない。

鳥居はおそらく重箱のすみをつつくようにして、矢部の罪状をつくり上げるだろう。目付が罪を犯《おか》した幕臣を弾劾《だんがい》するのは当然の行為である。家慶としては、矢部が鳥居の罠にかからないよう祈るだけにちがいない。

それがわかるだけに、外記も村垣も黙り込んでしまう。

「ところで」

村垣は話題を変えた。外記は無言で視線を向ける。

「先月の同心、岡っ引殺しですが、ちと、妙なことを聞きかじってまいりました」

「妙な？」

「殺された同心、岡っ引はいずれも庶民の敵として世直し番に成敗された。いわば、天《てん》誅《ちゆう》を加えられたということでしたが、なかに一人だけ、悪徳同心とは正反対の評判の男がおるのです」

村垣は懐から帳面を取り出した。市中を歩き回って見聞きしたことが、細かく几帳面《きちようめん》な字で書き記されている。

「ええっと、神山銀一郎です」

村垣は帳面を外記に差し出した。

「最後に殺された同心ですか」

神山銀一郎は南町奉行所定町廻り同心で、八丁堀の組屋敷近くで殺された。

「ふむ、人格高潔で庶民からも慕《した》われていた、か」

外記は帳面に目を通した。茶を一口すすり、帳面を村垣に返した。

「しかし、そもそも盗賊一味のねらいは、市中の警固を手薄にすることにあった。悪徳同心や岡っ引の成敗というのは、そのねらいを成就するための策略でありましょう」

「いかにも」

「であれば、神山が悪徳同心であろうと、職務熱心な同心の鑑《かがみ》のような男であろうと、関係ないのではないですかな」

外記は障子を開け、縁側に出た。村垣もあとにつづく。

縁側は、弱々しいとはいえ冬の日差しを受け、ぽかぽかと温《ぬく》まっていた。

「そう申せば、そうなのですが」

村垣はあごを引いた。

「なんですかな。胸に引っかかることが、あるような」

外記は口笛を吹いた。ばつが駆け寄り、外記の膝に飛び乗った。

「神山が殺されたのは、酒田仙蔵と同じ日で、八丁堀の組屋敷近くです。酒田は加納や亀吉と同様に、評判の悪い男でございました。その酒田と同じ日に、しかも町方の与力や同心の組屋敷が密集する八丁堀で殺さなくても、と思うのですが」

村垣もばつの頭をなでた。ばつは気持ちよさそうに目を細めた。

「それほどに、盗賊一味はあせっておったのでは」

外記は日輪のあたたかみを享受《きょうじゅ》するように、空を見上げた。

「そうかもしれませんが。どうも」

村垣は小首を傾げる。

「得心がいかぬようですな」

外記はばつを庭に下ろした。ばつは杉の大木に向かって走っていった。

「三途の鬼吉一味の残党、世直し番の書付も殺しも、自分たちの仕業《しわざ》とは認めぬということです」

村垣の顔はしだいに引き締まった。

「身に覚えがないと申しておるのですね」

「盗みの罪は素直に認めたということですが、殺し、書付については断じて自分たちの仕業ではない、と」

村垣が言うと、

「それはたしかに引っかかりますな。認めようが認めまいが、獄門《ごくもん》はまぬかれないでしょうからな」

十両盗めば首が飛ぶ、と言われた時代である。一味は、たび重なる押し込み強盗を働き、その中には押し入った先での殺しもあった。つまり、捕まれば獄門間違いなしの悪党連中なのだ。外記が言うように、同心、岡っ引殺しだけ否認しつづけても、なんら益をもたらさないのだ。

「におい ますな」

外記は立ち上がり、背を伸ばした。

二

翌朝、義助は天秤棒を担ぎ、八丁堀界隈を歩いた。外記に命じられて、神山のことを調べようというのだ。

義助は八丁堀近くの町家で神山の家を聞いた。家の所在を教えられるうちにも、亡き神山への敬慕《けいぼ》の念が伝わってきた。評判どおり、いや、それ以上に誠実な人柄がしのばれた。

神山の組屋敷は木戸門に喪中《もちゅう》の札《ふだ》が貼ってあった。木戸門越しに屋敷の中を覗くと、庭先で女と若い男が話をしていた。話しぶりから女は神山の未亡人、男は牛尾健吉という同心とわかった。

　末亡人は、しきりと、

「銀之助《ぎんのすけ》をよろしくお願いします」

　と、牛尾に懇願《こんがん》していた。どうやら、銀之助というのは神山の遺児であるらしい。

「ご心配なく。銀之助どのなら立派な同心になります」

　牛尾は言った。

　それから、しばらく二人のやりとりはつづいた。銀之助は今日から奉行所に見習い同心として出仕《しゅっし》したようだ。末亡人は心配が抜けきらないようだが、

「大丈夫です」

　牛尾にはげまされ、ようやく笑顔を見せた。牛尾は末亡人の笑顔を見て安心したように、

「では、これにて」

　ていねいに頭を下げた。

「非番の日にわざわざお越しいただき、ありがとうございました」

　末亡人も返した。

　牛尾は木戸門を出てきた。義助は牛尾なら神山のことをよく知っているだろうと、あとを追った。牛尾は神山の屋敷から出ると右手に進み、三軒目の組屋敷に入った。自宅のよ

うだ。

「ごめんなさい」

義助は玄関に入ろうとした牛尾を、木戸門越しに呼び止めた。

「魚いかがです」

振り返った牛尾に義助は、「へへへ」と頭を下げた。

「魚屋か」

牛尾は人なつっこい義助の笑顔に釣り込まれるように、返した。

「いい鱈《たら》と、はぜがありますよ」

義助は木戸門をくぐった。

「そうか、見せてもらおうか」

牛尾は義助を勝手口に導いた。せまい庭には落ち葉が舞い散り、枯草におおわれている。

「人手がないものでな。つい、ほったらかしにしてある」

牛尾は恥ずかしそうにうつむいた。

「いえ、そんな」

義助は首をすくめ、牛尾につづいて勝手口から台所に入った。

「おお、うまそうだな」

盤台の中を覗き、牛尾は顔をほころばせた。

「でしょ」

魚をほめられると、ついうれしくなる。世を忍ぶ仮《かり》の姿とはいえ、生業《なりわい》としている職である。魚の目利き、魚をさばく包丁の腕、けっして本職の魚屋に負けないという自負がある。

自負ばかりではない。義助は魚屋という職業に、誇りと愛着を抱くまでになっていた。

「鱒もはぜもうまそうだ」

牛尾は盤台の鱒とはぜを指でつついた。

「お安くしときますよ」

義助はにこやかに言うと、盤台から鱒を取り出した。

「せっかくだ。もらおう」

牛尾が言うと、

「そうこなくちゃ」

義助は鱒を流し台に運び、俎板《まないた》にのせ、

「こいつはね、鍋にするとこたえられませんや」

包丁で手早く切り身にしていく。

「豆腐と葱《ねぎ》といっしょに鍋にしてくださいね」

「そうか、それくらいならわたしにもできよう」

「おや、旦那、独り身で？」

「うむ、あいにくとな。先月までは見習いの身であったゆえ」

牛尾はぼそっと答えた。

「そうですか。早く、身を固めなくっちゃ。おっと、おいらも人のことは言えねえが」

義助は額《ひたい》をぽんと右手で打って、はぜを手に取った。

「これは、いかに料理する？　やはり、天ぷらか」

牛尾は困った顔で、はぜに視線を落とした。

「天ぷらもいいんですがね、鱈を鍋にしやすでしょ。当然、熱いので一杯ってことになる。するってえと、はぜは煮つけにするのが酒の肴《さかな》にはもってこいです。とくに、いま時分のはぜは落ちはぜって言いやしてね、脂《あぶら》がのってうまいのうまくないのって」

義助は大ぶりのはぜを自慢げに指差した。

「そうか、煮つけな……」

牛尾は眉間にしわを寄せた。

「ああ、ご新造《しんぞ》いらっしゃらなかったんでしたね。でも、ご母堂さまや下働きのお女中に料理していただけば」

義助は俎板から顔を上げた。

「それが、母は病に臥《ふ》せっておるのだ」

母の菊《きく》は三月ほど前から病床《びょうしょう》にあり、父は昨年、肺をわずらって死んだという。ふだんは、通いの女中が料理や母の面倒をみてくれるが、非番の日は自分が母の面倒をみ、食事を用意するという。

「わたしが作るものといったら、粥《かゆ》やうどんくらいでな」

牛尾は頭をかいた。

義助は、牛尾の誠実そうな風貌《ふうぼう》とあたたかみを感じるしぐさに好感を抱いた。

「わかりやした、あっしに任せておくんなさい」

義助は豆しぼりの手拭いを結び直すと、はぜを俎板にのせ包丁で頭を落とし、

「まずは、さっと湯通しを、と」

鼻歌まじりに調理にかかる。

「さあて、と、醬油《しょうゆ》に酒、葱と、わさびがあったらなおいいですが、ご用意お願いいたしやす」

早口でまくし立てる義助に言われるまま、牛尾は台所を駆けずり回った。

半刻（約一時間）後、

「できやしたぜ」

義助は大皿に山と盛られたはぜの煮つけを差し出した。甘い香りに誘われるように牛尾の顔がほころんだ。

「うまそうだな」

「食べてくださいよ。葱とわさびをからめると、味が引き立ちやすよ」

義助にうながされ、牛尾ははぜを一匹箸《はし》でつまみ、口に入れた。とたんに、

「あつっ」

と、顔をゆがめたがすぐに、

「うまい！」

笑顔を広げた。義助の胸に、うれしさがこみ上げた。

「そうだ。こんなに作ってくれたのだ。母とわたしでは食べきれるものではない。神山どののお宅にお分けしよう」

「神山さま……、ひょっとして、先月亡くなられた同心さまで」

義助の胸に、外記の命令がよみがえった。

三

「そうじゃ。知っておるのか」

「ええ、たいそうな一件でしたからね。読売で」

「読売はでたらめだ。神山どのを悪徳同心などと」

牛尾の表情は厳しくなった。が、すぐに、

「ともかく、これをお持ちするとしよう」

別の皿にはぜの煮つけを分けた。

「あっしがお皿を持ちやす」

すかさず義助は口をはさんだ。

「いや、料理をさせたうえに、そこまでさせては」

牛尾は右手を振ったが、

「いえ、かまやしやせん。同心さまが食い物持って八丁堀界隈をうろうろするなんて、みっともねえ真似《まね》なさらねえでください」

「いや、わたしはかまわんが」

「いえ、いけやせん。なら、こうしやしょう。神山さまのご新造さまにご紹介いただけやせんか。あっしも、お得意を増やしたいんで」

義助は頭をかき、ぼそぼそと改革このかた出入り先のお得意がめっきり減ってしまったと嘆《なげ》き、

「八丁堀の旦那がたがお得意になってくださりゃ、こんなありがてえことはございやせん」

頭を下げた。

「そうか、なるほどな」

牛尾は義助の肩を叩《たた》いた。

「わかった。木戸門で待っていてくれ。母上の様子を見てくる」

義助は、「わかりやした」と首をすくめた。

牛尾は母屋に向かった。義助は空《から》になった盤台を天秤棒で担ぎ上げ、煮つけの載った皿を手に持ち庭に出ると、木戸門の外で牛尾を待った。やがて玄関の格子戸が開き、牛尾が出てきた。

「大丈夫だ。薬が効いているのか、母上はぐっすり寝ておられる」

牛尾と義助は神山の屋敷に向かった。

向かう途中、牛尾は神山がいかにすぐれた同心であったかを語りつづけた。

「失礼いたします」

木戸門で牛尾が挨拶するとすぐに格子戸が開き、

「あら、牛尾さん」

先ほど見かけた未亡人が姿を現した。

「じつは、沙希《さき》どの」

牛尾は手短に、義助との出会いからはぜの煮つけを届けるにいたる経緯《いきさつ》を話した。

「まあ、それは、それは」

沙希は微笑むと、

「どうぞ」

と、牛尾と義助を玄関に導いた。義助は遠慮したが、沙希のすすめで母屋に足を踏み入れた。

三人は仏間に入った。沙希は仏壇の前にある経机に煮つけの皿を載せた。三人は、神山の位牌《いはい》に向かって手を合わせた。

「これ、みんな、亡くなられた神山さまがお読みになられたので」

義助は仏間の壁に並んでいる書棚を見上げた。きちんと整理された書物がぎっしりと収納されている。

「ええ。主人は食事を終えると、いつもこの部屋で書見《しょけん》をしておりました」

沙希は部屋の隅にある文机《ふづくえ》を見た。文机には硯箱《すずりばこ》や文鎮《ぶんちん》、帳面が整然と置かれている。横の見台《けんだい》には、一冊の書物が開かれたまま置いてあった。

「主人が生きていたときのままにしてあるのです」

「神山どのは陽明学《ようめいがく》の学徒であられたのだ」

牛尾は立ち上がると、書棚から一冊の書物を取り出し、神山の面影《おもかげ》をしのぶように眺めやった。

「陽明学、ほう」

義助は口の中でつぶやくと、

「大変でございますね」

わけのわからない言葉を口走ってしまった。

それから、牛尾は神山の思い出話を語った。

いつのまにか、沙希の目に涙がにじんだ。それを見て、義助も思わずもらい泣きをしてしまった。

それから一刻（約二時間）後、義助は外記の家を訪ねた。

「ふむ。そうか」

義助の報告を聞き、外記はうなずいた。

「まったく、非の打ちどころのないご立派な同心さまだったようで」

義助は言った。

「なるほどな」

「まったく、鬼吉のやつ、罪深いことしやしたぜ」

義助はいまさらのように憤慨《ふんがい》した。

「ほかの連中は、殺されてもしようがないやつらばかりであったのにな」

外記は浮かない顔をした。

「お奉行所じゃ、そのへんのことはよくわかっておられたとみえ、神山さま以外の同心お二人はお家断絶だそうです」

「行状が明らかになった以上、殺されたとはいえ放っておけんものな。神山家は存続が許されたのじゃな」

「はい、坊っちゃんが家督《かとく》を継いで、見習い同心として今日からお奉行所に出仕しておられやす」

義助の口調はしんみりとしたものになった。

「どうした？　神山に心打たれたか」

外記は聞いた。

「ええ。聞けば聞くほど。それに、気丈なご新造。それと、牛尾さまというお若い同心。じつに立派なお方で」

義助は牛尾の清貧な暮らしぶり、やさしげな応対ぶりについて言葉を尽くして語った。

外記の胸にも、病気の老人を背負った牛尾の誠実な顔が浮かび上がった。

「ふつう八丁堀の同心といやあ、加納まではいかないまでも、多少の付け届け、袖の下はつきものです。まあ、役得ですよ。それが、牛尾さまは、そんなことは一切なさらない。それどころか、銭の払えない病人の代わりに薬代を立て替えてやったり、米をやったり、とそらもう」

義助の口調は熱を帯びた。

「神山もそんな同心であったのだろう」

「牛尾さまがそんなことをなさるのは、神山さまの影響だそうで。一緒になんとかという学問を学んでおられたのだそうです」

義助は言った。

「学問か」

「はい」

「どんな学問じゃ」

「なんとかいう難しい学問ですよ」

義助は神山の仏間で見た書籍の山を、両手を広げて話し、

「ええっと、待ってください。たしか、なんとか学って、牛尾さまが言いましたね。ええっと、おうなんとか、じゃなくて。ええっと」

豆しぼりの手拭いを額からはずし、両方のこめかみを人差し指で押さえ苦闘した。外記は顔をしかめ、

「もうよい」

と、言ったとき、

「そうだ。諸葛孔明《しょかつこうめい》だ。諸葛孔明についての学問です」

と、顔を輝かせた。

「諸葛孔明じゃと。すると、三国志を学んでおったのか」

外記は首をひねった。

「そうです。孔明学って、牛尾さまはおっしゃってました。間違いありやせん」

義助は手拭いを額に結び直した。

「……それは、ひょっとして陽明学ではないのか」

外記は、「ええ?」と首を突き出す。

「ああ、そうだ。そうでした。陽明学でした」

義助は悪びれずに答えた。

陽明学は中国の明《みん》代に王陽明《おうようめい》が起こした儒教《じゅきょう》の一派である。

「君子の善におけるや、必ず知と行は合一《ごういつ》す。(略)而《しこう》して君子もし善を知りて行わずんば、即《すなわ》ち小人《しょうじん》に変ずるの機なり」と、実践《じっせん》を重んじた。

外記はふんふんとうなずきながらも、

——陽明学か、大塩平八郎《おおしおへいはちろう》は高名な陽明学者だったな。

大塩平八郎は大坂東町奉行所の元与力であり、洗心洞《せんしんどう》という私塾を開く高名な陽明学者でもあった。「天保の飢饉《ききん》」により、米価が高騰《こうとう》し苦しむ大坂の町人を見すごしにはできず、四年前の天保八年(一八三七)、救民の旗印を掲げ武装蜂起《ほうき》した。

日ごろより、傾倒している陽明学の教え「知行《ちこう》合一」を実践したのである。

外記は陽明学と大塩を結びつけ、不穏なものを感じたが、

「思いすごしか」

火鉢《ひばち》に視線を落とした。義助は怪訝な顔をしたが、

「なんでもない」

火箸で灰をかき混ぜた。

四

翌日、外記はばつを連れ、小間物問屋相州屋の隠居重吉の扮装で、お勢の家を訪れた。

薄暗いどんよりとした雲が低く垂れ込めている。木戸門をくぐると、お勢は落ち葉を集め、たき火をしていた。

「父上もあたったらいかがです」

お勢は顔を向けてきた。

「火はなによりのご馳走《ちそう》じゃな」

外記はたき火に両手をかざした。ばつは庭を駆け回る。

「雪になるかもしれませんね」

お勢は低く垂れ込めた雲を見上げた。

外記は、「そうじゃな」とつぶやくと、

「これ、渡そうと思ったのじゃ」

紫の袱紗《ふくさ》に包んだ玉簪をふところから取り出した。

「あら、珍しい。どうしたのです。ま、せっかくですから、遠慮なく」

お勢は簪を受け取ると、

「まあ、すてきな玉簪」

しげしげと見入った。外記は、

「そうであろう。なにせ、わしは小間物問屋相州屋の隠居じゃからな」

顔をつるりとなでた。

「それは、お見それしました、ご隠居さま」

お勢は拝み見るようなしぐさをすると、

「どちらで買い求められたのです」

聞いた。

「神田三河町の北村屋だ」

「北村屋、ああ、同心が店先で殺されたっていう」

「そうじゃ」

外記が言ったとき、

「ごめんなさい」

一八が木戸門をくぐってきた。一八はたき火を見ると目を細め、

「今日はいちだんと冷えますね」

外記の横にうずくまり、両手をかざした。めざとく簪に目をとめた。

「おや、お師匠さん。きれいな簪でやんすね。どなたか、いい男《ひと》にでも」

「よけいな詮索《せんさく》はしないでおくれよ。父上が買ってきてくれたの。神田三河町の北村屋で」

お勢は一八をにらんだ。

「北村屋でげすか。北村屋といえば、今日ですよ」

一八は外記を見た。お勢は、

「なにが今日なんだい」

簪を髷にさした。

「盗賊一味の打ち首ですよ。市中引き回しのうえ、小塚原《こづかっぱら》でこれです」

一八は右手で首を切る仕草をした。

「世直し番を騙った報《むく》いだよ」

お勢は顔をしかめた。

「そうだ。そろそろ、引き回されてきますよ。見物に行きましょうか」

一八は曇り空を見上げた。

「そうね、世直し番を騙った悪党の顔を見たい気がするけど、あたしは遠慮しとくわ」

お勢は手を振った。

「お頭、行きましょうよ」

一八は外記を見た。

「そうだな。行くか」

外記は、「ばつを頼む」と言い残して、一八と木戸門から出ていった。


外記と一八は上野広小路《うえのひろこうじ》に出た。

東叡山寛永寺《とうえいざんかんえいじ》と塔頭《たっちゅう》の堂塔が曇天《どんてん》にくすんでいる。

広小路の両側は、鬼吉一味引き回しを聞きつけた野次馬で、埋め尽くされていた。野次馬の中には、池之端仲町《いけのはたなかちょう》の料理茶屋の飯盛《めしも》り女が商売あがったりだとばかりに、ひまそうに欠伸《あくび》しながら見物に加わっていた。

女郎ばかりか、使いの途中と思われる丁稚《でっち》や商いの途中の棒手振《ぼてふ》り、浪人、大工たち、さらにはきちんとした身なりの侍《さむらい》までがいまや遅しと、悪党が引き回されてくるのを待ち構えている。

「降ってきやしたね」

一八は空を見上げた。

雪が舞い散ってきた。と、みるみる積もっていく。寛永寺や塔頭の堂塔の屋根を白く染めていった。町家の屋根も雪化粧がほどこされ、野次馬の話し声は白い息となって消えていく。

やがて、どよめきが起きた。

上野元黒門町《もとくろもんちょう》と下谷数寄屋町《したやすきやまち》にはさまれた道を、鬼吉一味を乗せた馬がやってきた。

同心や小者が野次馬を、

「押すな」

「静かにせよ」

と、怒鳴りつけた。

鬼吉一味の三人は、後ろ手に荒縄《あらなわ》でしばられ、裸馬《はだかうま》に乗せられていた。縦一列になって馬に揺られる三人の前後左右を、突棒《つくぼう》や刺股《さすまた》で武装した小者が警固し、先頭に立つ同心が野次馬に睨みをきかすように視線を走らせている。

役人に押さえつけられながらも、野次馬たちは罵声を浴びせる。一味は、罵声に耳を貸さず、髭におおわれた顔に不敵《ふてき》な笑みを浮かべていた。

「悪そうな面構《つらがま》えでやんすね」

一八はつぶやくと、馬上に向かって、

「世直し番の名を騙るとは、卑怯《ひきょう》だね！」

大声を放った。

一八の声は雪を切り裂いて悪党の耳に届いた。すると、悪党の一人が一八を睨み、

「おれたちは騙ってねえ！」

怒鳴った。ついでほかの二人も、

「同心なんか殺してねえぞ！」

「岡っ引なんか殺してねえぞ！」

目を剝《む》いてわめき立てた。警固の同心があわてて、

「こら、おとなしくしろ」

鞭《むち》で一味の背中を打ちすえた。

「おれたちは世直し番を騙っちゃいねえ！」

一味たちの訴えとも悲鳴ともつかない声が、曇天に吸い込まれていった。野次馬たちは悪党の姿が雪の中に消えると、三々五々、広小路をあとにした。

だ。

「往生際《おうじょうぎわ》の悪いやつらですね」

一八は、後味悪そうに一味が去った道を眺めた。往来は雪が降り積もり、水墨画のようだ。

「やつら、下手人ではないな」

外記は白い息とともに言葉を吐き出した。

「そんな。じゃあ、いったい誰が……」

一八は外記を見たが、外記は去っていった。

五

外記は世直し番を自宅に集めた。

月明かりに照らされた庭は雪化粧がほどこされ、ばつは縁の下で眠っている。

居間には、義助があんこう鍋を用意し、身体の芯《しん》まであたたまりそうだ。鍋を囲んで、外記、お勢、村山庵斎、真中正助、一八、小峰春風、義助が顔をそろえた。

外記だけは番茶だが、ほかの者たちは燗酒《かんざけ》を酌み交わしていた。湯気の中に笑顔が並び、おのおの酒と料理を楽しんでいるようだが、どうも浮かない顔である。

みな、外記の言葉を待っているのだ。

召集がかかった以上、なにか用命があるはずである。そんなみなの気持ちを知ってか知らずか、外記はいつもの健啖《けんたん》ぶりを見せ、どんぶり飯をかき込んでいる。

「ふう、食った、食った」

外記は番茶をすすった。

みなの箸が止まる。

「どうした。どんどん、食え」

外記はみなを眺め回した。

「ええ。ですけど、ご用件があるのでしょ」

みなを代表してお勢が聞いた。

「ああ、食べてから言おうと思ったが、それでは落ち着かんようじゃな。まあ、いい。食べながら、飲みながら聞いてくれ。世直し番を騙った連中の正体を突き止めるのじゃ」

外記はことさら笑みを浮かべた。

「すると、お頭は同心や岡っ引殺しは、鬼吉一味の仕業じゃないと、お考えなんですね」

一八は、昼間に見た鬼吉一味の市中引き回しの様子を話した。

「そんなの、往生際の悪い悪党どもの戯言《ざれごと》よ」

お勢が言うと、

「あたしも、そうお頭に申し上げたんですがね」

一八がつづいた。

外記は黙って庵斎を見た。

「いや、そうは言いきれまい」

外記の気持ちを代弁するように、庵斎が顔を上げた。みなの視線が庵斎に集まった。

「同心や岡っ引殺しを認めようが認めまいが、獄門間違いなしの連中だ。それが、ことさら否認したということは、連中が申したこと、まんざら偽《いつわ》りではない、と、考えてもよいのでは」

庵斎は空になった猪口《ちょく》を持て余すように、右手でくるくると回した。

「でも、首領《しゅりょう》の鬼吉は世直し番の書付を持っていたんでしょ」

お勢が言った。

「あのとき、お頭とわたしで鬼吉一味が押し入った米問屋砧屋に行ったのです」

真中は、外記と牛尾の警固を兼ねて追っていったことを話した。

「砧屋か、そうとう評判が悪い店ですね。米の値を不当に吊り上げ、庶民の恨《うら》みを買い、打ちこわし寸前までいったって噂ですよ」

一八が言った。

「じゃあ、こうは考えられませんか」

義助は身を乗り出した。

「鬼吉一味は、砧屋に押し込んだときだけ世直し番を騙った。いわば便乗したわけでやすよ。一連の殺しは別の連中がおこなった。鬼吉はそいつらのせいにしようと書付を持っていた、って、考えられませんかね」

義助の話を聞き、みな、思いをめぐらせるように視線を泳がせる。義助はつづけた。

「それと、あっしは、一連の殺しのうち、神山さま殺しだけはどうも納得がいかない。加納、亀吉、酒田殺しとは別に下手人がいるんじゃねえかと」

義助は牛尾と神山宅を訪ねたことを述べ立てた。みな、首をひねりながら、自分なりに考えにふけっているようだ。

「いずれにしても、世直し番を騙り、殺しを重ねた者は野放しとなっておるわけじゃ」

庵斎がまとめるように言った。みな、うなずいた。

「ともかく、調べよ」

外記は命じた。すると春風が両手を打ち、

「そうだ」

と、顔を輝かせた。みなが視線を向けると、

「明日、南町奉行所に行くんです。こっちのほうでね」

右手で絵を描く素振りをした。

「人相書を描きに、例繰方《れいくりかた》へ行きますので、御仕置裁許帳《おしおきさいきょちょう》を覗いてきますよ」

例繰方とは、奉行所で扱った事件の取り調べから沙汰《さた》までを記した帳面を管轄《かんかつ》する部署である。熟練の与力、同心が詰めていた。

町奉行所では、罪人を捕縛すると、吟味方与力が御仕置裁許帳に記された過去の判例に照らして吟味を進める。春風は、写実的な画風が評価され、奉行所で作成する人相書の仕事を請け負っていた。

「御仕置裁許帳で、今回の殺しをよく調べてきます」

「頼む」

外記は言うと、

「さあ、どんどん食え」

と、見ているうちに腹が減ったと、またしても箸を鍋に伸ばした。

そのころ、下谷練塀小路《ねりべいこうじ》にある鳥居の屋敷では用人藤岡伝十郎《ふじおかでんじゅうろう》が書斎に呼ばれていた。

藤岡は、鳥居が文政《ぶんせい》三年（一八二〇）二十五歳で鳥居家に養子入りした際、実家である林家から供侍《ともざむらい》として派遣された。以来、二十年以上にわたって鳥居のそば近く仕えている。気難しい主人への仕え方は熟知していた。

「矢部のこと、調べは進んだか」

鳥居のおでこに燭台《しょくだい》の蠟燭のあかりが揺れた。髪が伸び、ようやく貧相ながら髷が結われていた。

「はい、これに」

藤岡は緊張の面持ちで、報告書を差し出した。

鳥居は無表情で報告書に目を通していった。藤岡はうつむき加減でひかえている。やがて、鳥居は報告書を文机に静かに置き、藤岡に視線を向けた。

「うむ、よく調べたな」

「はは。ありがとうございます」

藤岡はめったにない鳥居のほめ言葉に、身をふるわせた。

「だが、これだけでは、弱い」

鳥居は自分に言い聞かせるようにうなずいた。

報告は、矢部が不正を犯した与力の処罰《しょばつ》を軽んじたり、すじ違いの調査をしたことを述べ立てていた。

不正を犯した与力とは、南町奉行所与力仁杉五郎左衛門《ひとすぎごろうざえもん》のことである。天保七年（一八三六）に、「天保の飢饉」による米価高騰により、江戸市中でお救《すく》い米《まい》が庶民にほどこされた。そのお救い米を取り扱ったのが仁杉である。

仁杉は、米商人と結託し、賄賂《わいろ》を受け取った。藤岡は、矢部が仁杉の処罰に手心を加えたと断罪した。

すじ違いとは、お救い米に関する調査を、天保七年当時管轄外であった勘定奉行の身でおこなった、と訴えている。

いずれも、五年前に起きた事件をほじくり返して、矢部の非を断罪しているのだ。仁杉の罪は当時奉行であった筒井政憲《つついまさのり》の責任を問うべきであり、すじ違いの調査といっても、お救い米に関することであれば、幕府の要職にある者として矢部が調査するのは当然といえた。

藤岡としても、矢部を失脚に追い込めば主人が町奉行へ昇進することになることは、十分承知している。それだけに、調査は入念かつ慎重におこなっている。

だが、これだけで弾劾するのは困難と思わずにはいられない。

藤岡はふたたび緊張の色を浮かべた。

「町奉行の重責にある者を弾劾するのじゃ。それ相応の落ち度がないことにはな」

「かしこまりました」

藤岡は額に脂汗をにじませた。

「ただでさえ、矢部の評判は高まっておる。先月に起きた同心殺しと、米問屋に押し込もうとした賊徒《ぞくと》の捕縛に成功したのじゃからな」

鳥居は言った。

「それが、巷《ちまた》では妙な噂がたっております」

藤岡は額を懐紙でぬぐうと、鬼吉一味が引き回しをされている最中、自分たちは世直し番を騙った覚えはないと叫んだことを話した。

「ふん、盗賊どもがなにを申そうがどうでもよいことであるが、ほじくれば面白いことが出てくるかもしれんな」

鬼吉一味の一件は、鳥居の嗅覚《きゆうかく》を刺激したようだ。

「そう思いまして、少々調べました」

藤岡は心持ち、身を乗り出した。鳥居は目に暗い光を宿らせた。

「殺された同心の一人、神山銀一郎ですが、ほかの同心や手先とは大違いの評判のよい同心だったそうです」

「それで神山だけは、お家断絶にならなかったのであろう」

「それだけでは、どうということはないのですが、神山、陽明学の学徒であったとか」

鳥居の目が光った。

「まさか、大塩平八郎とつながりがあるのではないだろうな」

「それはわかりませんが」

「調べよ。いや、是が非でも、大塩とのつながりを明らかにするのじゃ。明らかにできる証拠がなくば」

鳥居は薄ら笑いを浮かべた。藤岡は両手をついた。

「でっち上げよ」

鳥居は冷然と言い放った。

六

春風が南町奉行所を訪れたところ、庵斎も奉行矢部定謙を訪ねていた。

村垣から、水野が矢部を罷免《ひめん》しようとしていると聞いた外記が、気になって様子を見てくるよう命じたのだ。

役宅の居間で、矢部は庵斎を迎えた。

庭は降り積もった雪がとけ、築地塀《ついじべい》に雪がかき寄せられている。池の面《おもて》には、薄く氷がはっていた。

「今年も暮れるのう」

「まったくですなあ」

矢部と庵斎は世間話を交わしてから、

「世上《せじょう》でよからぬ噂がたっておりますが」

庵斎は鬼吉一味が世直し番を騙ったことと、一連の殺しを否認したことを話した。矢部は眉間にしわを寄せ、

「じつはわしも、あやつらが世直し番を騙ったとは思えぬ」

つぶやいた。

「すると、殺しの下手人は別にいる、と」

「そうじゃ」

「まことの世直し番の仕業とお考えなので」

「いや、そんなことはない。世直し番はむやみに人を殺めたり、傷つけたりしないからのう」

「では、いったい？」

庵斎は口をつぐんだ。矢部の顔に、苦悩の色がまざまざと浮かび上がったのだ。

「わからん。わからんが、加納、亀吉、酒田殺しと神山殺しの下手人は別ではないか、と考えておる」

矢部は、神山が人格高潔な同心の鑑のような男であったことを説明した。

「なるほど」

庵斎は、矢部が冷静に事件をとらえていることを感じとった。

「すると、こういうことになりますかな」

庵斎は整理するように身を乗り出した。

「下手人は加納、亀吉、酒田についてはその者たちの悪行《あくぎょう》を懲らしめるために殺した。しかし、神山どのは別の理由で殺した。それは、怨恨《えんこん》？　いや、人から恨みを買うような御仁《ごじん》ではないのですな。あるいは、下手人は別？」

「わからん」

「考えれば、考えるほど入り組んだ一件ですな」

庵斎は、「ふ〜う」とため息をついた。

「目下、優秀な男に取り調べのやり直しを命じておる」

「それは、ひょっとして、鬼吉一味捕縛に功のあった若い同心で」

「そう。牛尾健吉だ。牛尾はことのほか神山を尊敬しておったゆえ、敵討《かたきう》ちと意気込んでおる」

矢部は牛尾の名を口にすると、わずかに頬をゆるめた。

「一件が片付いたら、句会を催しましょうぞ」

庵斎は、矢部を元気づけるように笑みを浮かべた。

「そうじゃな。それを楽しみにいたそう」

矢部も笑みで返したが、それはどことなく寂しげであった。

庵斎は帰ろうとしたが、

「巷の噂では、矢部さまと水野さまのあいだが」

と、遠慮がちに聞いた。

矢部は、一瞬厳しい顔をしたが、すぐに目元をゆるめ、

「水野さまとは政《まつりごと》に関して、しばしば意見の合わぬことがあるのは事実じゃ。しかし、それはお互い胸襟《きょうきん》を開いておるということ。わしも、意地っ張りじゃからな。ははは」

快活に笑った。

「なるほど」

庵斎はうなずくと、

「では、失礼いたします」

静かに立ち上がり、障子を開けた。それを、

「庵斎どの」

矢部は呼びとめ、

「句会、楽しみにしておりますぞ」

満面の笑みを見せた。


外記と庵斎、春風は、日本橋浮世小路にある蕎麦屋《そば》で落ち合った。昼八つ（午後二時）という昼飯にも夕飯にも中途半端な時刻とあって、入れ込みの座敷には行商人風の客が二人、ぽつんともり蕎麦をたぐっているだけだ。

外記はもり蕎麦を五枚積み上げ、六枚目に箸を伸ばした。庵斎は二枚がやっとといった風で、寒さをまぎらわそうと燗酒を頼んだ。春風は天ぷら蕎麦をうまそうにすすっている。

「やっかいな殺しとなったな」

外記は蕎麦をたぐりながら、庵斎と春風を見た。二人は無言で返した。

「ちょっと、整理しよう」

外記は六枚目を食べ終えると、茶を飲み、矢立てと懐紙を取り出した。

「一連の殺しが同じ下手人であることは間違いないか」

外記は懐紙にすらすらと書き、二人を見た。

「間違いないですね」

春風は天ぷら蕎麦を食べ終え、どんぶりを箱膳《はこぜん》に置いた。

「例繰方で調べました。世直し番を騙った書付、みな同じ手による文字です」

「それは、砧屋に押し入ったとき鬼吉が持っていた書付も含めてだな」

「そうです」

「念のために聞くが、神山殺しの書付も同じだったのだな」

庵斎が口をはさんだ。

「同じです。間違いありません。この目で見ました」

春風は間髪《かんはつ》を容《い》れず答えた。

「となると、矢部さまのお考えは」

庵斎は矢部に聞かされた、一連の殺しのうち神山殺しは別の下手人であるかもしれない、
ということを持ち出した。すると外記は、

「そうか、なるほど」

何かひらめいたように顔を上げた。

「何かよいお考えが浮かびましたかな」

庵斎は猪口を傾けた。

「一連の殺しのうち、神山殺しだけは別の殺しじゃ」

外記は静かに言った。

「ですけど、書付は同一人の手で書かれたものですよ」

春風が疑問を投げた。

「だから、下手人は同一人じゃ。じゃが、殺しは別ものじゃ」

謎めいた外記の物言いに、

「わかりますか、師匠」

春風は庵斎を見た。庵斎も首をひねるばかりだ。

「わしが別ものと申したのは、殺しの目的が違うということだ。加納、亀吉、酒田殺し、それに砧屋押し込みは書付にあるように、悪を懲らしめるという、下手人からすれば、いわば天誅をくだしたものじゃ」

「砧屋押し込みは鬼吉一党の仕業ですよ」

春風が言った。

「だが、書付は世直し番を騙った者の手で書かれたのであろう」

「そうか、そうでした」

「すると、下手人は砧屋も殺めようとした、と」

庵斎が言った。

「書付を思い出してみよ」

「この者、庶民を苦しめる者なり。よって、成敗する。世直し番」

春風がそらんじた。

「なにか変とは思わんか」

外記はあごのつけ髭を伸ばした。

「成敗というのはおかしいですな。殺そうとしたわけではないのですから。あくまで、金目当ての押し込みですものね」

春風の言葉に外記はうなずく。

「つまり、下手人は砧屋の主人を成敗しようとした。ところが、そのときたまたま鬼吉一味が押し込みを働いていた」

庵斎は言ってから、いったん口をつぐみ、

「すると、下手人は……。牛尾健吉」

と、つぶやいた。

七

「たしかに、牛尾であれば、加納も亀吉も酒田も疑うことなく、近づけるでしょう。そういえば、どの殺しの現場にも牛尾が立ち会っております。書付は牛尾がその場であたかも見つけたように細工したと考えられます」

春風は言った。

「しかし、なぜ、そのようなことを」

庵斎は顔を曇らせた。

「神山殺しが鍵を握っておる。その鍵とは、これじゃ」

外記は風呂敷包みを開け、三冊の書物を取り出した。

「『伝習録《でんしゅうろく》』『朱子晩年定論《しゅしばんねんていろん》』『大学問《だいがくもん》』、いずれも王陽明の著作ですな。鍵とは陽明学、ですか」

庵斎は書物を取り上げ、しげしげと眺めた。

そこへ、

「ごめんなせえ」

義助が入ってきた。義助は盤台と天秤棒を店の前に置き、豆しぼりの手拭いで綿入り半《はん》纏《てん》をぬぐうと、外記の横に座った。

「お頭に言われ、神山さまと牛尾さまの関係を探ってきました」

義助は神山家に魚屋として出入りしているうちに、神山と牛尾が想像以上に熱心な陽明学の学徒であると知った。

彼らは、神田三河町に塾を開いていた儒学者浜崎東洋《はまざきとうよう》に師事していた。浜崎は陽明学を信奉し、神山と牛尾に大きな影響を及ぼしたのだという。

二人は、神山の書斎でよく陽明学について談じ合っていたという。

「ところが、最近は、といいやすか、先月の初めごろですが、神山さまと牛尾さまがしばしば、言い争うことがあったそうです」

義助は言った。

「陽明学についてか」

外記が聞いた。

「ご新造さまがおっしゃるには、言い争いの中身まではわからなかったそうですが、言い争うというか、牛尾さまがいつもいきり立っておられたとかで、神山さまはそれを、なだめておられたと」

義助が言うと、外記は、

「いっしょに行こう。そろそろ、牛尾は家に戻っておるだろう」

義助をうながした。

「おまえたちは、よい」

外記は庵斎と春風に言い置いて、店を出た。寒風がひときわ身に沁《し》みた。


「ごめんなせえ」

義助が牛尾の組屋敷の木戸門で大声を出した。

曇天の空からは、みぞれが降り注いでくる。

「おお、義助か」

牛尾は格子戸を開けた。すぐにいっしょにいる外記に目をとめ、小首をかしげた。

「こちら、小間物問屋のご隠居で、学問好きのお人なんで。牛尾さまとぜひ、学問の話をしたいと、いっしょに来ました」

義助はくしゃみをし、寒風に身をすくませた。

「まあ、入れ。風邪を引くぞ」

牛尾はみぞれを見上げ、義助と外記を手招きした。

「かれいのいいのがありやすんで、料理しときやすよ」

義助は天秤棒を担ぎ、勝手口から台所へ入っていった。外記は蛇の目傘を玄関に立てかけ、書斎に通された。書斎で対すると、

「ああ、あの時のご隠居……、確か浅草寺裏でお会いしましたな」

牛尾は頬を綻《ほころ》ばせた。

外記も笑みを浮かべ、

「あの時は助かりました。牛尾さまに助けて頂いたご婦人も大変に感謝し、感謝の気持ちで子どもたちに手習いを教えております」

「それは何よりです」

「あの時は見習いであられたが、今は定町廻りになられたとか。以前にも増して町人たちの為にご尽力なさっておられることと拝察致します」

「自分にできることを精一杯やっておるだけです」

答えてから牛尾ははたと気づいたように、

「すみません、あいにくと、母が病に臥《ふ》せっておりまして、わたし一人しかおりません。粗茶くらいしかござらんが」

牛尾は申し訳程度に色のついた茶を用意した。

「火鉢も病間にあるだけで、用意できません。申し訳ない」

牛尾は軽く頭を下げた。

「お気遣いご無用でございます。手前が勝手に押しかけたのですから」

外記は牛尾の質素な暮らしぶりに感心した。

「ご隠居は学問がお好きとか」

牛尾に問われ、

「ほんの耳学問ですが。最近はこんなものを」

外記は風呂敷から王陽明の著作を取り出した。わずかに、牛尾の目に戸惑いの色が浮かんだ。

「聞くところによりますと、牛尾さまも亡くなられた神山さまも、熱心な陽明学の学徒であられたと」

外記は、『伝習録』をぱらぱらとめくった。

「そうでした」

牛尾は短く答えると、『朱子晩年定論』を取り上げた。

「ところで、陽明学は知行合一を説いておりますね」

「つまり、良知《りょうち》を持つということは行動を起こしてこそ意味がある、と」

「いかにも」

「さようです」

「大きな声では申せませんが、大塩平八郎はまさに、その点を実践したといえるのですな」

「…………」

牛尾は口をつぐんだ。

「江戸においては、先月に起きた殺し、民を苦しめる悪徳同心や手先、商人を懲らしめることも、そういえましょうか」

外記は牛尾の目を見た。

それには答えず牛尾は外記の視線をそらし、『伝習録』を手に取った。

「じつは、牛尾さまが砧屋で盗賊一味を捕縛なさったとき、その間近におりました」

外記は自分と真中が、鬼吉一味を捕らえたことを話した。

「盗人一味を捕縛……、ご隠居、いったい、あなたは？」

『伝習録』を畳に置き、牛尾は外記を見返した。

「世直し番、と、申します」

外記は静かに微笑んだ。

牛尾は、「まさか」とつぶやいた。

「まさか、とは、どういうことですかな」

野太い声で外記は問い返した。

「あ、いや、ご隠居が南町の同心や岡っ引を立て続けに殺したとは思えませぬので、まさかと申したのです」

牛尾の額に汗が滲《にじ》んだ。

「言葉足らずですみませんな。わたしが世直し番だと申したのは、正真正銘、本物の世直し番だと打ち明けたのです。一連の殺しの下手人だと白状したわけではありません」

「殺しの下手人は世直し番ではないと申されるのですな」

「いかにも。世直し番を騙る者の仕業です」

「世直し番を騙る者とは……」

声を落ち着かせ牛尾は問うた。

「南町奉行所定町廻り同心、牛尾健吉さま……。一連の殺し、あなたの仕業ですね」

外記は牛尾を見据えた。

牛尾の視線が彷徨った。

元来が誠実、正直な男なのだ。開き直って嘘をつき通すことはできないに違いない。

案の定、牛尾は唇を噛み、拳《こぶし》を握りしめて苦悩を滲ませていたが、やがてがばっと顔を上げ、

「神山どのも、わたくしが殺めました」

しぼり出すように言った。

外記は黙って、殺しの動機を話すよう目で促した。

「ご隠居が申されたように神山どのも熱心な陽明学の学徒でござった。当然ながら、わたくしと神山どのは大塩平八郎の決起について話をしました」

牛尾と神山は大塩平八郎の決起を聞き、自分たちも救民のため起ち上がろうと論じ合った。今年になり、師の浜崎東洋と相談した。浜崎はそれからすぐに亡くなった。神山は決起をしぶるようになった。

「わたくしは民を苦しめる商人や役人どもを成敗すべしと訴えたのです。町奉行所の役人は町人、わけても弱き町人たちを守ることが使命だと信じておるがゆえの考えでした」

語る内に牛尾は激した。

目が血走り、息が荒くなっている。外記は落ち着くよう促そうと湯呑を取り、息を吹きかけて一口飲んだ。出涸《でが》らしの茶は白湯《さゆ》の方がましな味わいであるが身体が温まった。牛

尾も茶を飲んだ。牛尾の目元が緩まり、幾分か表情が和らいだのを見て、

「ところが、神山どのは反対されたのですな」

「はい。ずいぶんと口論しました。そして、神山どのが決起しないのなら、わたし一人でやることにしました」

牛尾は、加納が北村屋を奢侈禁止令に便乗して強請っていることを知り、

「我慢できなくなりました」

単独で凶行に及んだ。加納、亀吉と凶行を重ね、酒田を殺したところで、神山に詰め寄られた。

「組屋敷に戻ったわたくしを、神山どのが待ち受けていたのです」

神山は牛尾に自首を勧めた。牛尾は、

「砧屋を成敗したら自首する、と申しました。しかし、神山どのは許してくれませんでした。それで」

揉《も》み合《あ》ううちに、神山を手にかけてしまったという。

砧屋を成敗しようと乗り込むと、鬼吉一味がいた。予想外の展開で、鬼吉を斬り、書付を握らせたという。

「あなたが、正真正銘の世直し番かどうかはわかりませんが、わたくしが世直し番を騙っ

たのは事実です。本日、世直し番を称される御仁から罪を暴かれたのは、運命と申すもの」

牛尾はここで言葉を区切ると、

「幸か不幸か、母は余命いくばくもありません」

と、声を上ずらせた。

「ひょっとして、ご自分の手で始末をつける気ですか」

「できれば、母を看取《みと》ってからと思ったのですが、それは手前勝手というものですな。罪を犯したら日を置かず償うのが当然です」

覚悟を決めたためか、牛尾は肩の荷が下りたように笑みを広げた。そのとき、

「できやしたぜ」

義助が、大皿に盛られたかれいの味噌焼きを持ってきた。

「おお、うまそうだ。義助、すまんな」

笑みを深め牛尾は礼を言った。

次いで、

「どれ、母上にも。ま、召し上がることはできんが、せめて、においだけでも」

牛尾は立ち上がった。

「義助」

外記は義助をうながし、組屋敷を出た。

みぞれがいつしか雪となっていた。あたりを真っ白に染めていく。

義助は木戸門から母屋に向かって、深々と頭を下げた。


翌朝、牛尾の切腹遺体と母の亡骸《なきがら》が発見された。

遺書が残され、一連の事件は自分が犯したと告白されていた。陽明学にもとづく、救民であると記されていた。母は不憫《ふびん》だが、自分が息を止めたとも記されていた。

ところが、牛尾の死は病死とされた。南町奉行矢部定謙より報告を受けた水野が町奉行所の犯罪、そして牛島の動機が町奉行所の不正を正すことにあったことを表沙汰にしては、幕府の体面に関わると遺書を握り潰し、病死扱いにしたのである。


根津権現近くの武家屋敷を訪れ、外記は事の顛末をお勢に語った。

居間で外記の話に耳を傾けたお勢は、

「あの牛尾さんが……」

と、絶句し天を仰いだ。

「牛尾を見知っておったと申したな」

外記が問いかけるとお勢は牛尾が裏長屋の井戸替えを手伝った時のことを語った。

「生真面目で誠実なお人柄が最悪の結果を招いたのね。いつも、困ったことはないかと町人たちを気遣っていらしたけど、こんなことになっちゃって……」

お勢は涙ぐんだ。

「牛尾の病死扱い、正しい政道ではないが、牛尾健吉という一本気で誠実な若者が罪人の汚名にまみれることはなくなったことがせめてもの慰めじゃ。牛尾の犯した行いは決して許されるものではない。たとえ死罪に値する罪人といえ、裁きを下すのはお白洲であり、同心ではない。それでも、牛尾が町人のため、特に弱き者のために尽くしていたことは紛れもない事実じゃ。わしらも弱き者のために尽力するという牛尾の志は受け継ぎたい。それが牛尾健吉への手向けとなろう」

外記も目頭を熱くし、牛尾に世直し番の役目を全うすることを誓った。

八

鳥居は、牛尾による一連の殺しと神山と牛尾の陽明学かぶれ、大塩平八郎への信奉ぶりを追及した。

水野は、矢部を江戸城中奥老中御用部屋に呼び出した。天保十二年も暮れようとする十二月二十一日である。居並ぶ老中の前で、

「矢部駿河守、町奉行の要職にありながら、不行き届きの数々、なかんずく、天下の大罪人大塩平八郎を信奉する部下を見過ごし、その者が江戸市中を騒がせるとは許しがたい」

矢部を睨みつけた。

矢部は、表情を消して水野の断罪を待った。

「よって、そのほう、町奉行の職を罷免し、家名断絶のうえ、伊勢桑名《いせくわな》藩へお預けとする」

水野は勝ち誇ったように申しつけた。

矢部は薄ら笑いを浮かべ、両手をついた。

町奉行矢部駿河守罷免の報は読売となって、翌日には江戸市中を駆けめぐった。町奉行という公儀の重職にある者が罷免のうえ、家名断絶、桑名藩へお預けという、前例のない過酷《かこく》な処罰を受けたことに、江戸中が震撼《しんかん》した。

矢部は、奢侈禁止令に圧迫される江戸庶民に同情的であるという評判だった。瓦版にも

奢侈禁止令を非難し、水野の不興《ふきよう》を買ったことが罷免の原因とされている。

　庶民の味方をしてくださるありがたいお奉行さまの罷免は、年越しを迎えようとする江戸に暗い影を落とした。

　そのうえ、瓦版は矢部の後任に、鳥居耀蔵の昇進を書きたてた。

　鳥居といえば、水野の懐刀として、隠し目付を放ち、奢侈禁止令の違反者取り締まりを徹底しておこなっていることは有名だ。二年前に起きた「蛮社の獄」で、鳥居が洋学者たちに発揮した強引で情け容赦《ようしや》のない弾圧は、人々の記憶にあざやかである。

　その鳥居が町奉行になる。

「江戸のあちこちで、声をひそめてですがね、鳥居さまがお奉行さまになられた日には、お先真っ暗だ、なんて頭を抱えていますよ」

　一八は外記に瓦版を見せた。

　鏡ヶ池の家の居間である。

「矢部さまのことは、いまさらどうにもならんが、鳥居が町奉行になるのはどうにかせんとな」

　外記は腕を組んだ。

「そんなことできるので？　鳥居さまは水野さまの懐刀、大のお気に入りなんですよ」

「阻止《そし》できるかできぬか、やってみるか。小手先《こてさき》の手法にすぎんが」

外記は言うと、小机に向かい筆を走らせた。

「なんです？」

一八が外記の背中越しに覗き込もうとした。外記は振り向き、

「これを、目安箱に投書してきてくれ」

書付をていねいに折り畳み、差し出した。

目安箱は八代将軍吉宗が庶民の声を聞き、政に役立てようと江戸城和田倉御門《わだくらごもん》外に設置した投書箱である。鍵は将軍が持ち、将軍しか投書を見ることができなかった。


その翌日の夕暮れ、鳥居は下谷練塀小路の屋敷に戻った。戻ると、

「藤岡を呼べ」

女中に告げ、書斎に入った。すぐに、

「失礼いたします」

藤岡がやってきた。

「殿、本日、水野さまからのお呼び出しは、いよいよ南町の御奉行ご就任、でございますか」

藤岡は緊張しながらも、口元をほころばせた。

鳥居は懐中から書付を取り出し、黙って差し出した。藤岡は怪訝な顔で一瞥する。とたんに、

「これは、なんとしたこと」

「目安箱の投書じゃ」

鳥居は顔をゆがめた。

書付には、鳥居耀蔵は、深川にお喜多《きた》という辰巳芸者上がりの愛妾を囲っていることが記されていた。

「いったい、誰がこのような」

差出人名には黒い墨が塗られていた。

目安箱への投書には、差出人の名前と所在を書き記す必要がある。根も葉もない事柄の投書を防ぐためだ。ところが、将軍が目を通し、関係部門に差し下すときには、御庭番の復命書同様、差出人名は消された。

家慶は外記の名、「浅草鏡ヶ池、相州屋隠居重吉」の名を墨で塗り、水野へ渡したのだった。

「水野さまは苦笑いを浮かべられ、これは困る、と申された。事実とすれば、町奉行にふ

さわしからぬおこないだとな」

鳥居は扇子を開いたり閉じたりした。

「では、殿の御町御奉行へのご就任は」

藤岡は悲痛な声をあげ、うつむいた。

「いや、こんなことで諦《あきら》めてなるものか。なんのために、矢部を追い落としたのじゃ」

鳥居は、扇子を懐中にしまい、藤岡を手招きした。

「町奉行は二十八日に決まる。それまでに」

鳥居は表情を消し、藤岡にお喜多の始末をささやいた。藤岡は目を見張ったが、拒《こば》めば自分に災《わざわ》いが及ぶことを恐れ、

「かしこまりました」

額に脂汗をにじませた。

「わしが、町奉行に就任すれば、おまえは内与力《うちよりき》じゃ」

鳥居は餌《えさ》を与えることも忘れなかった。


その日の晩、藤岡はお喜多の家を訪ねた。

玄関に出て来たお喜多に、

「本日、御前が参られる予定でござったが、急なる仕事が入りましてな。代わりに拙者がこれを」

月の手当と饅頭を土産に持って来たと語った。

それはありがとうございますとお喜多は礼を言ってから、

「どうぞ、お上がりください」

と、藤岡を家に上げ、居間に通した。

「お茶を淹れますね」

愛想よく言うとお喜多は居間を出た。藤岡は黙ってお喜多が戻るのを待った。頬が強張り、視線が定まらない。

お喜多が戻ると、

「饅頭、召し上がってくだされ」

藤岡は勧めた。

「では、遠慮なく」

お喜多は竹の皮の包みを広げた。次いで笑みをこぼし、五つある内の一つを取り、

「藤岡さんも、どうぞ」

と、差し出した。

「あ、いや、拙者は……」

一旦は遠慮したものの藤岡は、

「美味《うま》そうですな」

と、笑顔を取り繕って受け取った。饅頭は右手に持ったまま左手を湯呑に添え、横目にお喜多の様子を窺う。お喜多は疑う素振りを見せることなく饅頭を頬張った。

「美味《おい》しい」

満面に笑みを広げお喜多は茶を飲んだ。

そして二口目を食べようとしたところで、

「うぐ……」

くぐもった声を発するや饅頭を落とし、喉を掻きむしった。

藤岡は立ち上がり、冷然とお喜多を見下ろす。

「あ、ああ」

お喜多は畳をのたうち、助けを求めるように藤岡を見上げた。藤岡は拒絶するように口を引き結んだ。

やがてお喜多は血反吐《ちへど》を吐き、動かなくなった。

藤岡は屈み、お喜多の脈を取った。こと切れたことを確かめると無言で手を合わせた。

藤岡によるお喜多毒殺の一件は、御家人屋敷で起きたことから、目付である鳥居が調べ、お喜多は自害として処理した。お喜多が誰の囲われ者なのかは不明とした。

さらに鳥居は、水野に、目安箱の投書は自分をおとしいれようとする者の仕業であると報告した。

水野は了承した。水野にとって、見知らぬ芸者上がりの女のことなどどうでもいい。その芸者が死んだ以上、鳥居の愛妾はこの世に存在しないのだ。

そんなことより、前例のない罷免までして矢部を町奉行からはずした以上、改革は万全の体制で臨《のぞ》まねばならない。それには、鳥居以上の適任者はいないのだ。水野は鳥居の敵対する者に対する冷酷さ、執拗《しつよう》さを活用しようと考えた。

鳥居の町奉行就任の障害はなくなった。

十二月二十八日、鳥居耀蔵は南町奉行に就任した。町奉行は旗本が就く役方の職としては最高の役高《やくだか》三千石を支給され、その権威は五万石未満の大名と同等の待遇《たいぐう》を得ることで天下に示された。具体的にいうと、位階従五位下《じゅごいのげ》が下賜《かし》される。さらには、位階にふさわしい官職を賜《たまわ》るのだが、これはみずから名乗ることが許された。通常は、先祖伝来の官職名を名乗る。

鳥居は甲斐守を名乗ったのだが、この当時甲斐守を名乗る小普請奉行曲淵《まがりぶち》甲斐守がいた。曲淵家は先祖が甲斐の国の出ということで代々甲斐守を名乗っていたのだ。こうした場合、前任者に遠慮して別の名乗りをするものなのだが、鳥居はおかまいなく平然と甲斐守を名乗った。

庶民は、「耀蔵」の「よう」と「甲斐守」の「かい」をとり、「妖怪」と囃し立てた。

妖怪奉行の誕生である。


江戸城中、老中用部屋に鳥居は水野を訪ねた。水野は隣室で鳥居と対した。

鳥居は南町奉行に引き立ててくれた礼を言ってから、

「ちと、気になることがございます」

と、ささやくように言った。

水野は切れ長の目を向け、無言で話の続きを促した。

「お喜多のことでございます。わたしがお喜多を囲っておったことを知っておる者は限られております。世直し番どもはその限られた者でございます。ご存じのように、世直し番どもはわたしがお喜多の家に泊まった時を狙い、髷を切り取りました。あれから、世直し番どもは小癪《こしやく》な真似をするようになりました」

　ここで水野は苛立ったように、

「何が言いたい」

「世直し番の正体でございます。手際の良さ、大胆さからして素人とは思えませぬ。相当に手練れの者の集団、たとえば御庭番の内、忍び御用を担っていた者……」

「誰だ」

　水野の目が光を帯びた。

「菅沼外記……」

　鳥居は静かに答えたものの、確信を持っていないのか言葉尻が曖昧に曇った。

　水野は鼻で笑い、

「菅沼外記は死んだ。そのこと、そなたが確かめたではないか。どうして、外記が生きておると申すか」

「菅沼外記の娘がお喜多の家に出入りしておったのです。三味線が得意でお喜多の無聊《ぶりよう》を慰めようということでしたが……。偶然でしょうか。外記が差し向けたのではと思った次第でございます」

「思い過ごしじゃ。たとえ、菅沼外記が生きておろうと、改革に影響はない。改革に邪魔立てするようなことをすれば始末するだけ。そなた、町奉行として改革推進に尽くせ」

「御意にございます」

鳥居は両手をついた。

胸に大きなしこりが残った。

九

外記は相州屋重吉に扮し、浅草の観生寺を訪れた。よく晴れ渡ってぽかぽかとした陽気である。

寺では、美佐江と手習いを教えている子どもたちが、本堂を掃除していた。

美佐江は手拭いを姉《あね》さんかぶりにし、子どもたちといっしょに雑巾《ぞうきん》がけをしている。外記はばつを境内で遊ばせ、本堂の階《きざはし》を上ると濡れ縁に立った。

「ご隠居さん」

美佐江は掃除の手を止め、外記の側に歩いてきた。外記は軽く頭を下げ、

「ご苦労さんですな」

本堂を眺めやった。

「主人もわたくしも、お世話になっておりますから」

美佐江はにっこりした。

外記はしばらく境内と本堂を交互に見ていたが、やがて思い切ったように、玉簪を懐中から取り出し、

「これ、よろしかったら。その、たたんだ店の残りの品で申し訳ないが。がははは っ」

照れを隠すように哄笑《こうしょう》した。

美佐江は、

「まあ、きれいな簪」

と、顔をほころばせ、頭から手拭いを取りさった。

ふんわりとした微香が外記の鼻をくすぐる。

「いただいてよろしいのですか」

「そのつもりで、持ってまいりました」

「ありがとうございます」

美佐江は頭を下げると、髷に簪をさした。

「ああ、よくお似合いじゃ」

外記は肚《はら》の底から言葉を出した。

「来年はよい年になるといいですな」

「本当に」

二人は、濡れ縁に立ち、澄んだ青空を見上げた。

雁《がん》の群れが冬雲のあいだを飛んでいく。

「ご主人が戻られることを祈っております」

外記が言うと、

「ありがとうございます」

美佐江は心なしか瞳を潤《うる》ませた。

「では、よいお年を」

外記は階を降り、ばつを手招きした。

「来年は、過酷な年となろうぞ」

外記はばつを抱き上げ、語りかけた。

鳥居耀蔵がついに南町奉行となったのだ。

——妖怪め、好き放題にはさせん。

外記はふたたび真っ白な冬雲を見上げた。

晴嵐《せいらん》を思わせるような強い風が、吹き抜けた。

この作品は、二〇〇八年四月に刊行された『闇御庭番　妖怪南町奉行』（だいわ文庫）を加筆修正のうえ、改題したものです。

光文社文庫

長編時代小説
陰《いん》謀《ぼう》奉《ぶ》行《ぎょう》　闇《やみ》御《お》庭《にわ》番《ばん》（三）
著　者　早《はや》　見《み》　俊《しゅん》

2019年5月20日　初版1刷発行

発行者　鈴　木　広　和
印　刷　新　藤　慶　昌　堂
製　本　榎　本　製　本

発行所　株式会社　光　文　社
〒112-8011　東京都文京区音羽1-16-6
電話（03）5395-8149　編　集　部
8116　書籍販売部
8125　業　務　部

落丁本・乱丁本は業務部にご連絡くだされば、お取替えいたします。
ISBN978-4-334-77852-1　Printed in Japan

組版　新藤慶昌堂

光文社時代小説文庫　好評既刊

夜叉萬同心　冬かげろう　辻堂　魁
夜叉萬同心　冥途の別れ橋　辻堂　魁
夜叉萬同心　親子坂　辻堂　魁
夜叉萬同心　藍より出でて　辻堂　魁
夜叉萬同心　もどり途　辻堂　魁
ちみどろ砂絵　くらやみ砂絵　都筑道夫
からくり砂絵　あやかし砂絵　都筑道夫
きまぐれ砂絵　かげろう砂絵　都筑道夫
まぼろし砂絵　おもしろ砂絵　都筑道夫
ときめき砂絵　いなずま砂絵　都筑道夫
さかしま砂絵　うそつき砂絵　都筑道夫
女泣川ものがたり（全）　都筑道夫
辻占侍　左京之介控　藤堂房良
呪術師　藤堂房良
暗殺者　藤堂房良
臨時廻り同心　山本市兵衛　藤堂房良
霞の衣　藤堂房良

死笛　鳥羽　亮
秘剣水車　鳥羽　亮
妖剣鳥尾　鳥羽　亮
鬼剣蜻蜓　鳥羽　亮
死顔　鳥羽　亮
剛剣馬庭　鳥羽　亮
奇剣柳剛　鳥羽　亮
幻剣双猿　鳥羽　亮
斬鬼嗤う　鳥羽　亮
斬奸一閃　鳥羽　亮
あやかし飛燕　鳥羽　亮
鬼面斬り　鳥羽　亮
幽霊舟　鳥羽　亮
姫夜叉　鳥羽　亮
兄妹剣士　鳥羽　亮
ふたり秘剣　鳥羽　亮
居酒屋宗十郎　剣風録　鳥羽　亮

光文社時代小説文庫　好評既刊

伊東一刀斎（上之巻・下之巻）　戸部新十郎
秘剣水鏡　戸部新十郎
いつかの花　中島久枝
なごりの月　中島久枝
ふたたびの虹　中島久枝
刀圭　中島要
ひやかし　中島要
晦日の月　中島要
夫婦からくり　中島要
ないたカラス　中島要
蛇足屋勢四郎　中村朋臣
黒門町伝七捕物帳　縄田一男編
こころげそう　畠中恵
よろづ情ノ字薬種控　花村萬月
薩摩スチューデント、西へ　林望
天網恢々　林望
道具侍隠密帳　四つ巴の御用　早見俊

囮の御用　早見俊
獣の涙　早見俊
天空の御用　早見俊
裏切老中　早見俊
夏宵の斬　幡大介
関八州御用狩り　幡大介
仇討ち街道　幡大介
風雲印旛沼　幡大介
夕まぐれ江戸小景　平岩弓枝監修
しのぶ雨江戸恋慕　平岩弓枝監修
隠密刺客遊撃組　平茂寛
剣魔推参　平茂寛
萩供養　平谷美樹
お化け大黒　平谷美樹
口入屋賢之丞、江戸を奔る　平谷美樹
隠密旗本　福原俊彦
隠密旗本　荒事役者　福原俊彦

光文社文庫最新刊

飛鳥II　SOS　西村京太郎

パレードの明暗　座間味《ざまみ》くんの推理　石持《いしもち》浅海《あさみ》

仕掛け《ギミック》　警視庁特命遊撃班　南 英男

キッド・ピストルズの醜態　パンク＝マザーグースの事件簿　山口雅也

悪意の迷路　日本ベストミステリー選集　日本推理作家協会・編

森下《もりした》雨村《うそん》　小酒井《こさかい》不木《ふぼく》　ミステリー・レガシー　ミステリー文学資料館・編

ヒキタさん！　ご懐妊ですよ　ヒキタクニオ